sandfisch

sandfisch

kurzgeschichten

von Andreas Herrmann

Für Anna-Luisa

Bibliografische Information der Deutschen Bibliothek
Die Deutsche Bibliothek verzeichnet diese Publikation in der Deutschen Nationalbibliografie; detaillierte bibliografische Daten sind im Internet über http://dnb.ddb.de abrufbar.

Andreas Herrmann
Sandfisch
Kurzgeschichten

Coverfoto: István Velsz, München
Gestaltung, Buchumschlag & Satz: Nani Fischer von Weikersthal, München

Berlin: Pro BUSINESS 2008

ISBN 978-3-86805-220-6

1. Auflage 2008

Produktion und Herstellung: Pro BUSINESS GmbH
Gedruckt auf alterungsbeständigem Papier
Printed in Germany

www.book-on-demand.de

Inhalt

Hochzeitstag

„Erzähl doch noch mal, bitte!"
Sie kniete auf dem Sofa und hatte sich mit den Ellenbogen auf der Sofalehne aufgestützt. Sie sah ihm zu, wie er in der offenen Küche, die mit dem Wohnzimmer verbunden war, bei den Getränken herumstand und sich nicht entschließen konnte.
„Was willst du trinken, Schatz?" Er sah nicht von den Getränken auf.
„Ach, für mich nur einen kleinen Sherry vor dem Abendessen."
Sie hielt ihr Kinn aufgestützt in den Händen. Ihre Augen waren gewissenhaft geschminkt, Fingernägel und Frisur tadellos und den Mund würde sie sich noch einmal nachziehen, wenn sie später zum Essen gingen. Sie hatte bereits ihr schwarzes Kleid an, das er so oft an ihr gelobt hatte, und darunter trug sie nur einen schwarzen String und diesen ziemlich aufregenden, fast durchsichtigen BH. Die schwarzen Schuhe lagen vor dem Sofa, und ihre nackten Zehen spielten unter den Kissen, die wahllos und in großer Fülle auf dem Sofa herumlagen.
„Nur einen Sherry also, gut, ich glaube ... ach ja, ich mache mir einen Campari Orange."
Er hantierte noch kurz in der Küche und kam dann mit beiden Getränken auf sie zu. Er hatte den dunkelblauen Anzug an, ein weißes Hemd darunter, ohne Krawatte, und roch ein wenig zu frisch geduscht.
„Du siehst gut aus!" Er gab ihr den Sherry und sie prosteten sich zu.
„Auf uns", sagte sie. Er sagte: „Ja."
Sie hatten sich auf den Tag vor zehn Jahren kennen gelernt und diesen Tag nie unbeachtet gelassen.
Sie nippte an ihrem Sherry.
„Wie war das eigentlich, als du mich zum ersten Mal gesehen

hast?", fragte sie ihn.
„Ach, das weißt du doch ganz genau."
„Ja, aber bitte erzähl es mir noch mal, bitte! Wir haben noch Zeit."
„Warum willst du das immer wieder hören?" Er nippte an seinem Campari.
„Ich weiß auch nicht. Es ist so schön."
Er stand vor ihr und hatte eine Hand in der Hosentasche. Er nahm einen großen Schluck von dem Campari. „Aaah, bitter!" Er verzog das Gesicht leicht.
„Welches Lokal hast du diesmal ausgesucht, das letztes Jahr war furchtbar. Bitte nicht mehr Chinesisch, diese blöden Stäbchen."
Sie erinnerte sich. Er hatte ihr beim Essen vorgeworfen, dass er mit Stäbchen essen musste. Er war laut geworden, schimpfte, weil der Wein ihm nicht kalt genug war, und fast wären sie aufgefordert worden, das Lokal zu verlassen.
„Nein, nein, du wirst zufrieden sein. Ich habe uns einen Tisch im Visconti reserviert."
Er nickte ohne große Überraschung. „Im Visconti also. Wenigstens Italienisch."
Sie biss sich auf die Unterlippe.
„Du weißt schon ... Visconti, dort hast du mich vor zehn Jahren ... "
„Ja, ich weiß ja. Was soll das?"
Er ging zurück in die Küche und goss sich noch einen Campari ein, ohne sie nach einem zweiten Wunsch zu fragen. Er hatte noch keine Schuhe an und so wirkte er noch unentschlossen.
„Weißt du noch wie das war? Ich meine damals?" Sie sah zur Küche.
„Natürlich weiß ich das."
Er trank den Campari halb leer, verzog das Gesicht, schüttelte sich leicht und stand in der Küche wie vor einer Entscheidung.
„Erzähl doch bitte!"

Er sah sie an und sein Blick war ihr fremd.
„Was ist?“ Sie saß jetzt gerade auf dem Sofa und hielt den Kopf nicht mehr in den Händen.
Er kam zurück und blickte sie dabei an.
„Gut, ich erzähl dir was.“ Er ging auf sie zu, hielt mit einer Hand den Campari und hatte die andere in der Hosentasche. Sein Blick war nicht zu deuten, aber er gefiel ihr nicht. Er sah sie geradewegs an und sie sah doch, dass er in ihr nicht die Frau sah, die jetzt in schwarzem Kleid vor ihm saß. Er ging um das Sofa herum und sie drehte sich um. Vor ihr stand der Tisch. Sie nahm die Packung Zigaretten und zog eine Zigarette aus der fast leeren Schachtel. Sie zündete sich eine Zigarette an und die Grübchen um ihren Mund bewegten sich in schnellem Wechsel, wurden sichtbar und unsichtbar. Sie zog das Kleid über die Knie und strich es glatt.
„Also, damals, du weißt schon, in der Zeit, wo ich im Krankenhaus gearbeitet habe, Pflege und der ganze Scheiß. Da bekam ich mal den Auftrag, einen Mann im Altersheim für zwei Stunden die Woche zu betreuen. Eine Art soziale Spezialbehandlung.“
Er schüttelte den Kopf.
„Mann, war das eine Scheiße. Wir haben uns damals noch gar nicht gekannt. Also ich bin da zweimal die Woche für eine Stunde hingefahren. Westkreuz. Kennst du die Gegend? Lauter siebziger Jahre Bauten, aber egal, einfach fies, wenn du weißt was ich meine. Ich komme also da hin und was mir niemand gesagt hat, der Mann, den ich betreuen sollte, war in der Geschlossenen, verstehst du?“
Er ging jetzt hin und her, sah sie nur ab und zu an. Sein Campariglas war leer, aber er behielt es in der Hand.
„Ich meine, du machst dir keine Vorstellung. Du musst klingeln um reinzukommen, und dann bist du drin, diese schwere Tür fällt hinter dir ins Schloss und du bist umgeben von Parkinson, Alzheimer, absoluter Demenz. Weißt du, es geht nur noch um Essen und Scheißen. Kaubewegungen und Schließmuskel ... du machst

dir wirklich keine Vorstellung. Und Alfons war etwas verwahrlost, wirr, nicht blöde. Hatte Schorf im Bart, an der Stirn. Er roch nach Urin. Er war noch nicht so alt, vielleicht zweiundsechzig, dreiundsechzig, ich hab nie nachgefragt. Warum auch? Es macht keinen Unterschied mehr, verstehst du?"
Sie zündete sich eine weitere Zigarette an.
„Ich hab ihn einfach angezogen und bin mit ihm raus. Wir sind spazieren gegangen zwischen diesen trostlosen Plattenbauten, aber es war allemal besser als die Luft in der Geschlossenen. Es roch immer nach eine Mischung aus Reinigungsmitteln und Exkrementen. Wenn du nur eine Stunde dort drin bist, riechst du danach. Wenn ich dir dann in der U-Bahn begegnen würde, ich wüsste, wo du warst, verstehst du?"
Er machte eine Pause, sah auf sein leeres Glas und stellte es doch nicht auf den Tisch.
„Der Alfons hat nicht mehr so viel geblickt. Er hielt den Fahrstuhl für die Toilette. Er wusste nichts mehr von seiner Herkunft, seiner Ausbildung. Ich habe ihm beigebracht, dass er wieder die Farben benennen und einzelne Dinge beim Namen nennen konnte. Ich hab nicht viel mit ihm gemacht. Wozu auch? Da war niemand mehr. Er hatte niemand. Er bekam nur meinen Besuch. Verstehst du, nur ich. Zweimal die Woche. Und er ließ mich nicht gehen, nach dieser Stunde. Er hielt mich mit aller Kraft fest. Wir mussten ihn überlisten. Eine Schwester nahm uns in Empfang und wenn er ihre Hand nahm, schlüpfte ich schnell durch die schwere Tür hinaus. Er merkte es immer und trommelte dann mit den Fäusten an die Tür. Es war …"
Er sprach nicht weiter, ging in die Küche und goss sich einen Whiskey ein. Er nahm einen großen Schluck und goss sich einen weiteren ein.

„Warum erzählst du mir das alles? Ich wollte einen schönen Abend mit dir, ich meine, du kannst einem jede Stimmung ab

töten. Wir haben heute Zehnjähriges und Hochzeitstag und du ..."
„Ich bin noch nicht fertig."
Sie schwieg und rauchte. Sie sah ihn nicht an. Sie hätte jetzt ihr Kleid ausziehen, sich vor ihn hinstellen und schreien können: Schau, schau her, ich lebe jetzt, ich bin lebendig, lebendiges Fleisch, schau her, verdammt, fass mich an, liebe mich!
Sie saß still und zog an der Zigarette.

Er steckte sich auch eine an und stand im Raum, rauchend und das Whiskeyglas in der Hand. Sie spürte es. Er sah sie an und sah sie nicht. Sie spürte ihren String und ein starkes Verlangen. Sie hatte Lust und kam sich doch nuttig vor. Sie strich ihr Kleid glatt.
„Irgendwann waren wir wieder draußen", seine Stimme klang rau und leiser, „und ich hatte ihm wie so oft Apfelkuchen gekauft. Er war so gierig nach Kuchen. Jedes Mal gingen wir in diese Bäckerei. Das heißt, ich ging rein, Alfons stand draußen und drückte sein Gesicht gegen die Scheibe, als wäre er schwachsinnig. Er war Ingenieur, verstehst du. Und gierig nach Apfelkuchen. Er bekam wohl im Heim einfach zu wenig. Ich meine, er war Ingenieur!"
Er zog zwei, drei mal an der Zigarette.
„Tja, er hatte also seinen Apfelkuchen und wir spazierten dann herum. Ich weiß noch. Es war kalt. Es war einer dieser sonnigen Oktobertage. Man verschätzt sich. Es ist einfach schon zu kalt. Er hatte ohnehin nur absolut verlumpte Klamotten. Meistens trug er eine Jogginghose. Manchmal habe ich die Flecken des Apfelkuchens noch zwei Wochen später auf der Jogginghose gesehen. Na, es war einfach kalt und wir liefen so und redeten kaum. Da blieb eine Frau vor uns stehen, verkniff sich eine Umarmung und schüttelte Alfons die Hand. Sie fragte, wie es ihm gehe und ob alles in Ordnung wäre und scherzte. Sie lachte, verstehst du. Sie war ganz in Grau, aber schick, irgendwie. So ein Schick bei alten

Damen, du weißt schon, auch mit Hut, schwarzer Handtasche und so. Alfons reagierte nicht. Er sah zu mir. Er sah auf seine Schuhe. Er griff sich in die Hose. Er sah zum Himmel und zu anderen Leuten. Da waren Kinder. Weißt du, es sah so aus als würde er die Frau nicht kennen. Er kannte sie nicht, weißt du, aber sie kannte ihn.
Sie wandte sich dann an mich und schüttelte mir die Hand, erzählte was von Alfons und dass sie es toll findet, dass ich mit ihm etwas mache und ob ich Sozialarbeiter sei. Sie lächelte dabei wie eine freundliche alte Dame aus einer Abendserie. Ich lächelte auch, ich wusste nicht, vielleicht jemand von einem Besuchsdienst oder so. Sie musste dann schnell gehen, hatte noch Dinge zu erledigen. Gab ihm noch mal die Hand, mir auch und ich fragte: „Entschuldigung – ich weiß jetzt gar nicht, wer sie sind?" Sie sah mich für einen Moment an. Dann sagte sie: „Ich bin seine Frau." Dann ging sie. Ich stand noch eine Weile da. Alfons trippelte von einem Fuß auf den anderen. Er schaute herum. Er wollte gehen. Es war kalt. Ich fragte ihn: „Wer war das Alfons?" Er zuckte die Schultern. Er zuckte einfach mit den Schultern."

„Und dann?"
„Na wir sind dann weitergegangen und irgendwie kamen wir wieder an dieser Bäckerei vorbei. Alfons blieb vor dem Schaufenster stehen. Ich fragte: „Kuchen?" Und er nickte und ließ meinen Arm los. Also ging ich rein während er draußen wartete und besorgte uns zwei dieser großen Apfelkuchenstücke. Ich ließ sie einpacken. Draußen setzten wir uns auf eine dieser schäbigen Drahtbänke, du weißt schon, die sind immer grün, die gibt es dort überall. Alfons schielte auf den Kuchen und wollte dauernd an dem Papier herumnesteln. Ich schmiss das Papier weg und gab ihm eines der Stücke. Ja, und dann stopften wir beide den Apfelkuchen so in uns hinein, dass es diese großen bräunlichen Apfelstücke aus den Mundwinkeln herauspresste und sie uns aufs Hemd

und die Hose fielen.
Ich sah zu ihm hinüber. Mit seinem Mund, den beiden Händen davor, die kräftig anschoben und den süßen, fruchtigen Apfelbrei hineindrückten, sah er aus wie ein Kind, das Erde frisst oder Matsch. Ich sah ihn an und wusste, dass ich genauso aussah, und er sah mich an und hinter dem Matsch lächelte er."

Seine Zigarette war bis zum Filter verbrannt. Er zog trotzdem daran und drückte sie dann im Aschenbecher aus.

Später beim Essen im Visconti redeten sie wenig. Sie hatte sich die Lippen nachgezogen und spürte den String. Sie aß wenig und sah ihn kaum an. Sie stellte sich immer wieder vor, wie der braune Apfelmatsch aus seinem Mund herausquoll.

Goodbye

„Schläfst du?"
Er hatte den Kopf an die Scheibe gelehnt und die Augen geschlossen. Die Scheibe war kühl und er hörte die unregelmäßigen Regentropfen den Zug entlang streifen.
Der Zug war nicht laut.
„Wenn man nicht so hinhört, ist nichts richtig laut", dachte er.
Ohne die Augen zu öffnen, legte er seine Hand auf ihren Oberschenkel. Sie legte ihre Hand darüber.
„Da ist bestimmt nichts, du ...". Sie stockte. „Bestimmt nichts!"
„Dann wären wir ja jetzt nicht unterwegs, oder?"
Die Wörter bildeten einen milchigen Hauch an der Scheibe.
„Ja, jetzt lässt du das mal kontrollieren und dann sehen wir ja. Das ist ja nur zur Kontrolle, weißt du!"
Er hatte die letzten drei Tage kaum etwas geredet.
„Du wirst sehen, du machst dir da viel zu viel Sorgen."
Sie beugte sich zu ihm herüber und küsste ihn auf die Wange. Er spürte den kühlen Druck der Scheibe stärker.
„Das kann gar nicht sein. Du fühlst dich doch gut, oder? Mein Gott, wenn ich denke wie sportlich du bist und alles, was du in deinem Alter noch machst."
Er spürte wie ihre Hand schwer auf seiner lag.

„Freust du dich auf New York?" Er sah sie unvermittelt an. Seine linke Wange war von der Scheibe etwas gedrückt und die Augen wirkten matt.
„Ja und wie", sagte sie und drückte seine Hand. „Wirst sehen, dieses Stechen da hinter deinem Brustbein, das ist mehr deine Sehnsucht. Du brauchst einfach Urlaub."
„Ja", er nickte und lächelte: „New York."

„Wollen Sie es auf dem Bildschirm sehen?", fragte ihn der Arzt. Er war aufgeregt und nickte.
„Ich bin jetzt mit dem Katheter über ihre Leiste durch die Arterie bis an ihr Herz gegangen, sehen Sie!"
Der Arzt sah ihn nicht an und zeigte auf den Monitor.
Er sah sein Herz schlagen und den Draht in seinem Herz.
„Ja, das sieht komisch aus", sagte er und sah weg.
Als der Katheter wieder draußen war, fragte er: „Und, was haben Sie gesehen?"
Seine Stimme klang hoch und gepresst und er hörte ihr Echo unter der Schädeldecke.
„Na, atmen Sie erst mal wieder. So schlimm ist es nicht. Das kriegen wir schon in den Griff!"
„Was?"
„Nun, wahrscheinlich sind fünf Gefäße ziemlich verengt."
„Wahrscheinlich?"
„Ich muss den Film noch genau auswerten."

Ein Pfleger hatte ihn in ein helles Zimmer geschoben und er sah durch die große Scheibe hinaus in den Garten. Dann war er wohl eingeschlafen. Der Arzt räusperte sich. Er sah den Arzt, wie man morgens sein Gesicht im Spiegel sieht.
„Und?"
„Die Vermutung hat sich leider bestätigt. Wir haben hier fünf Herzkranzarterien, die zwischen sechzig und neunzig Prozent geschlossen sind." Der Arzt deutete auf die Bilder des Films und fuhr mit dem Finger verästelte Linien entlang.
„Wenn Sie einen Infarkt vermeiden wollen, lässt sich eine Bypass-Operation nicht umgehen."
„Wann?"
„Am besten sofort. Auf alle Fälle noch dieses Jahr."
„Und New York?"
„Sie wollen verreisen?"

Er nickte. Der Arzt setzte sich an den Rand des Bettes und sagte: „Machen Sie es gleich, Sie haben gute Chancen."
„Aber ich bin doch gesund, verstehen Sie. Ich habe nicht geraucht, kaum getrunken, keinen Bauch, ich meine, sehen Sie mich an! Ich war nie richtig krank und immer Sport. Ich war immer draußen, mein Gott, wieso?"
Der Arzt seufzte und erhob sich.
„Ich kann Ihnen nur die medizinische Diagnose sagen und was Sie erwarten wird, wenn Sie sich gegen eine Operation entschließen. Mit Gerechtigkeit hat das nichts zu tun."
Er gab ihm die Hand. „Melden Sie sich bald."

Er saß vor der großen Scheibe, die den Blick vom Zimmer in den großen Garten öffnete. Seine Frau saß auf dem Bett und sah zur Tür.

Sie fuhren mit dem Zug zurück. Es regnete und sie hielt seine Hand. Er saß am Fenster und hatte den Kopf an die Scheibe gelehnt.
„Wir können ja auch später nach New York fliegen, das läuft uns nicht davon, hast du gehört? Ich meine, das sind heute ja absolute Routinegeschichten. Mach dir keine Sorgen, die haben auch einen sehr guten Ruf, dort. Und der Professor war sehr gelassen und hat gemeint, das machen die ein paar Mal die Woche, weißt du ..."

Während sie redete, stellte er sich vor, wie die Schwester ihm die Haare rasieren würde. Er stellte sich vor, wie sie das aufgesägte Brustbein auseinander klappen, ein Gerät die lebenserhaltenden Funktionen übernehmen würde und er später in der Reha kleine, grüne Gymnastikbälle in knöcheltiefem Wasser vor sich hinrollen dürfte.

„Ich habe ihm gesagt, dass du dich morgen meldest. Erst mal darüber schlafen, das ist immer wichtig. Jetzt musst du dich erst mal erholen und morgen sieht alles schon wieder anders aus."
Sie tätschelte seine Hand. „New York! Meine Güte, wir fahren auf alle Fälle hin. Später."

Er hörte die Regentropfen den Zug entlang streifen.
Bäume, Felder, Brücken zogen vorbei und sein Herz flüsterte immerzu.
Er spürte ihre Hand nicht mehr und auch nicht die kalte Scheibe. Er sah nicht die Dämmerung, in die der Zug hineineilte, aber er hörte jetzt genau hin:
Goodbye, goodbye ...

Maria

Mühsam und mit langsamem wie verzögertem Schritt kam ihr der Priester entgegen.
Sie blieb stehen und wartete bis er die steilen Stufen der engen Gasse zu ihr herauf geschafft hatte.
Das kleine Fischernest an der italienischen Riviera war so an den Hang gepfercht, dass die Gassen selbst für Liebespaare kaum Platz ließen, Hand in Hand zu gehen. Es war warm und feucht, sie spürte den aufkommenden Regen trotz des blauen Himmels, und das Meer, das hier und da zwischen den ineinander verkeilten kleinen Häusern blau aufleuchtete, war ruhig und wartend.
Sie lehnte sich an die abgeblätterten, dunkelgrünen Läden eines Hauseingangs und wartete.
Der Priester schwitzte. Seine grauen Haare lagen flach nach der linken Seite und die einfache Brille saß ihm weit vorn auf der Nase. Die Augen sahen müde aus und das Alter hatte begonnen, ihnen die Farbe zu nehmen. Über dem weißen Gewand, das ihm bis zu den schweren, schwarzen Schuhen reichte, lag eine einfache, dunkle Stola. Das schwarze Buch und der Weihwassersprenger in seinen Händen schienen ihm das Treppensteigen noch beschwerlicher zu machen.
Er blickte sie über die Ränder der Brille ohne Regung an und nickte fast unmerklich mit dem Kopf. Direkt auf ihrer Höhe holte er Atem und blieb einen Moment stehen. Er drehte sich nicht um, schien aber nach hinten zu horchen. Die junge Frau folgte seinem Lauschen und sah die steile, lange Gasse hinunter.
Ganz unten war ein Sottopasso und wie in so vielen alten italienischen Städten hatte sie das Gefühl, dass die Häuser in einer ständigen Bewegung waren, im Zwiespalt gefangen, sich gänzlich voneinander zu lösen, um die Gasse freier, lichtdurchfluteter werden zu lassen, oder aber aufeinander zudrängend, um das störende

Adersystem menschlicher Bewegungen gänzlich zu erdrücken.

Der Priester wischte sich die Stirn und stieg weiter bergan. Von unten hörte die junge Frau lautes Rufen und nach einem schroffen, kratzigen Geräusch – als rieben sich unterschiedlichste Materialien – drang lautes Fluchen zu ihr herauf. Der Priester blieb stehen und sah sich um. Die junge Frau verharrte in den Eingang gepresst und wartete.
Unten bog jetzt eine Gruppe von Männern in den Sottopasso und mühte sich, einen schlichten Holzsarg um die Kurve zu manövrieren. Die Gasse war zu eng, den Sarg auf den Schultern zu tragen. Die Männer gingen Schritt für Schritt seitwärts neben dem Sarg, hielten ihn in Hüfthöhe und blieben doch ständig an dem unregelmäßigen Mauerwerk der Gasse hängen.
„Vai più avanti, Paulo!"
„No, no, la lasci più basso, e poi al angolo ..."
„Ma caro mio, sai, c' è il muro, che cazzo ... attenzione ...!!"
Der Sarg kratzte die Mauer entlang. Das blanke, helle Holz leuchtete die Gasse herauf. Die Männer schimpften und mühten sich trotzdem weiter voran und bergauf.
Der Priester atmete sichtbar und stieg weiter, jeden Schritt langsam vor den anderen setzend.

Als die Männer mit dem Sarg an ihr vorbeigingen, folgte die junge Frau ihnen. Sie hätte nicht sagen können, warum sie das tat, auch später nicht.

Der Weg wurde steiler aber weiter und die junge Frau schritt langsam den keuchenden Männern, die keinen Atem mehr zum Fluchen hatten, hinterher.
Keiner von ihnen sah sich um. Niemand folgte ihnen.
Es war gegen halb zwei und das Städtchen lag still in der mittäglichen Hitze dieses Augusttages. Nur die sonnengetrockneten

Gerüche wurden durch die Schwüle, die sich in die Gassen gesenkt hatte, aufgeweckt.
Man stirbt nicht im August. Es ist zu heiß zum Sterben.

Endlich hatten sie die Anhöhe erreicht und die Männer trugen den Sarg in die Kirche. In einer Seitenkapelle ließen sie ihn auf den Boden sinken. Es hallte und die junge Frau setzte sich in eine abgelegene Bankreihe. Auch die Männer setzten sich abseits, wischten sich die Stirn mit den Ärmeln und redeten gestikulierend und durcheinander. Man hörte den Durst und die Sehnsucht nach einer Zigarette in ihren Stimmen.
Der Priester hatte sich neben den Sarg gestellt und murmelte schnelle Sätze, welche die junge Frau nicht verstand. Als er den Sarg besprengte, schüttelte sich die Frau. Sie fröstelte. Die Bluse klebte ihr kalt an der Brust.

Der Priester verabschiedete die Männer mit einer dankenden Geste und sie verließen die Kirche und unterhielten sich laut.
Der Priester sah die Frau kurz an. Er sah müde aus. Dann zog er sich in die Sakristei zurück.

Sie stand auf, ging zu dem Sarg und betrachtete ihn näher. Sie fuhr mit den Fingern über die Schrammen, das abgesplitterte Holz und suchte einen Namen.
Als sie keinen fand, ritzte sie ihren eigenen mit dem Daumennagel in das weiche Holz: Maria.
Sie blieb noch ein wenig in der Kirche und sah sich um bis der Hall ihrer eigenen, vorsichtigen Schritte sie verängstigte.

Als sie ins Freie trat, regnete es.

Mehr ist es nicht

Sie klopfte ihre Zigarette immer wieder gegen den Rand des Aschenbechers.
„Ich halte das einfach nicht mehr aus, verstehst du?"
Er nickte. „Ja, klar."
Sie schwiegen, rauchten und sahen sich dabei nicht an.
Das Roma war an diesem Abend mäßig voll und sie hatten einen dieser Tische, die abgegrenzt vom Rest des Lokals waren. Der Ober brachte noch ein Viertel Rotwein und goss ihnen beiden ein. Ein kleiner Rest blieb in der Karaffe. Der Ober nahm die Teller, entfernte mit einer Serviette die Brotbrösel und zog sich dann zurück, ohne nach einem weiteren Wunsch zu fragen.
„Es war doch von Anfang an so, dass du nie richtig wusstest, was du willst. Ich kann jetzt einfach nicht mehr, verstehst du. Ich habe es ja probiert, aber es geht nicht. Ich glaube wirklich, dass es nicht mehr geht."
Ihr Gesicht verzog sich und wurde schmaler. Die dunklen Augen reflektierten das kleine Licht über dem Tisch und ließen ihre schwarzen, im Pagenschnitt gehaltenen Haare glänzen. Sie war Anfang dreißig, hatte die Augenränder leicht schwarz geschminkt und er fand sie auch jetzt attraktiv. Ihr schwarzer Rollkragenpullover betonte ihren schlanken Hals und legte sich eng um die Arme. Ihre Brüste zeichneten sich deutlich ab. Es war schön mit ihr zu schlafen. Er verstand sich selbst nicht.
„Kannst du bitte auch mal was sagen!" Ihre Stimme klang kratzig und langsam.
Er fuhr sich durch die kurzen Haare, drückte seine Zigarette aus und sagte: „Ja, dann ... dann lassen wir es halt."
Er wunderte sich, wie leicht ihm die Worte fielen. Er nahm das Rotweinglas, trank einen Schluck und wartete.
Sie hielt die Zigarette etwas gespreizt und sah vor sich hin. Sie

nickte. „O.k., lassen wir es.“ Sie sah ihn an, als suchte sie nach etwas in seinem Gesicht.
Er sah auf ihren hellbraunen Ledermantel, der neben ihr auf dem roten Polster lag. Sein Mantel hing in der Garderobe. Er rührte sich nicht und klickte nur ab und zu mit dem Feuerzeug.
Sie rauchte und sah ihn dabei an.
Es war erst viertel vor neun und einige Leute betraten das Lokal, gingen an ihnen vorbei und wurden vom Ober an anderen Tischen platziert. Er sah zu.
„Schaust du immer noch nach anderen Frauen? Ist es das?“
„Nein.“
Sie klopfte die Asche ab. „Ich versteh' s einfach nicht.“
„Ich doch auch nicht. Und es hat vermutlich auch keinen Sinn, es verstehen zu wollen – ich versteh es ja selber nicht.“ Er schnaufte.
„O.k., dann lassen wir es wirklich. Wir lassen es jetzt ganz, ja?“ Ihre Augen waren eng geworden.
„Ja, ich denke, es ist das Beste so.“ Er war jetzt einfach nur noch müde.
Sie trank ihren Rotwein aus, drückte die Zigarette aus und wollte sich eine neue anzünden. Er steckte sein Feuerzeug ein und nahm den Geldbeutel aus dem Jackett. „Lass uns zahlen!“
Sie hielt die Zigarette im Mund und ihr Feuerzeug davor. Beide Arme waren auf den Ellenbogen auf dem Tisch aufgestützt.
„Deswegen zünde ich mir trotzdem noch eine Zigarette an.“
„Ja, ist ja o.k.“ Er winkte dem Ober.

Draußen regnete es. Sie standen vor dem Lokal und hatten keinen Schirm.
„Ja, dann ... .“ Sie sah ihn an. Er hatte die Hände in den Manteltaschen und nickte. „Ja, gut.“
Sie klopfte mit dem Zeigefinger fünf, sechs Mal auf die Zigarette, nahm einen Zug und klopfte wieder. Er sah auf ihre Finger. Sie

zitterte leicht.
„Kalt", sagte er und „Ich geh dann mal. Tschüss."
Sie hob die Hand zu einem kleinen Gruß und sagte nichts. Sie sah ihm nur kurz hinterher, bevor sie sich umwandte und nach Hause ging.

Eine viertel Stunde später – er war noch nicht zu Hause – klingelte sein Handy. Eine Nachricht.
Hast noch Sachen da – hol sie bitte!
Er überlegte kurz, was er in ihrer Wohnung gelassen hatte. Ihm fielen nur ein Jackett, ein paar Unterhosen und zwei CDs ein. Er rief sie an.
Sie meldete sich nur mit „Ja?"
„Ich hol meine Sachen ab. Wann passt es dir?"
„Mir wäre es lieb, also, so bald als möglich."
„Jetzt gleich?"
„Ja."
Er schwieg einen Moment. „O.k., ich bin in einer halben Stunde da."
„Gut."
Sie hatte aufgelegt. Er sah auf das Handy. Es leuchtete in seiner Hand.
„Scheiße – Scheiße, Scheiße ... " Er ging den Weg zurück zur U-Bahn.

Vor ihrem Haus blieb er kurz stehen, atmete tief durch und sah die sechs Stockwerke des Miethauses hinauf. Er klingelte und horchte auf die Sprechanlage.
„Ja?"
„Ich bin's." Die Tür schnurrte. Er stieg in den Lift und drückte auf die sechs. Er wandte den Blick nicht von der Zahl.
Mit einem Ruck hielt der Aufzug und die Tür öffnete sich. Sie stand an der Tür und schlug ihre Joggingschuhe fest gegeneinan-

der. Der Dreck des nachmittäglichen Laufens fiel in Brocken von den zierlichen Schuhen. Es hallte im Treppenhaus.
Sie sah ihn an, stellte die Schuhe neben die Matte und verschwand in der Wohnung. Er stand vor der Tür und sah auf die Matte. Welcome stand da und von der anderen Seite her: Goodbye. Er fuhr sich mit dem Handrücken über den Mund und dann durch die Haare.
Sie erschien in der Tür und hatte eine Plastiktüte in der Hand.
„Da – mehr ist es glaub ich nicht."
Sie reichte ihm die Plastiktüte. Er nahm sie in beide Hände und sah hinein, als zweifelte er daran, dass der Inhalt etwas mit ihm zu tun haben könnte.
„Ja, ich glaub, mehr ist es nicht." Er nahm die Tüte in die rechte Hand und sah sie an.
„Willst du noch kurz reinkommen?"
Er konnte den Klang ihrer Stimme nicht deuten und schüttelte langsam den Kopf. „Nein, ich denke nicht. Danke."
Er drehte sich um und stieg in den Fahrstuhl. Noch bevor die Tür zuging und der Fahrstuhl sich in Bewegung setzte, hörte er wie die Joggingschuhe wieder gegeneinander schlugen.
Er fuhr hinunter und stellte sich vor, wie der ganze Dreck von den Schuhen fiel.

Als er in die Nacht hinaustrat, sah er nochmals in die Tüte, als wäre der Dreck dort hineingefallen.
Dann schaltete er sein Handy aus.

Milch

Ich war gerade beim Joggen und kam an Teds Haus vorbei. Es war einer dieser Sonntag Morgen, bei denen man schon mit dem ersten Licht die drohende Schwüle des Tages erahnt.
So wie andere in L.A. Sonntag morgens mit dem Hund gehen oder in die Kirche, so gehe ich Joggen.
Susan und ich waren erst vor kurzem von Seattle zurückgekommen – wir hatten Susans älteste Freundin besucht – und ich lief meine alte Runde wie immer und sah mir dabei die Vorgärten der Leute an. Es hatte sich nicht das Geringste verändert.
Ich kam also an Teds Haus vorbei und sah ihn, wie er auf der Veranda stand. Er war schon in Hemd und Hose.
Ich winkte ihm und rief: „Hey Ted, schon auf?"
Er stand auf der Veranda und rührte sich nicht. Mir war, als starrte er auf den Treppenabsatz zur Veranda. Ich blieb stehen.
„Ted?"
Er stand da und irgendwie fand ich ihn eigenartig. Ich öffnete das Tor und ging den Kiesweg auf die Veranda zu. Ich zog die Kapuze meines Shirts nach hinten.
„Ted?"
Er sah mich an, ohne etwas zu sagen.
„Was bist du denn heute schon auf, Ted?"
Ich konnte ihm nicht auf die Schulter klopfen. Wir standen uns kurz gegenüber. Dann drehte Ted sich wieder in Richtung Garten und sah auf die Treppe. Ich machte es ihm gleich und konnte nichts entdecken.
„Ich war wieder Laufen. Schon ganz schön warm heute Morgen. Wann läufst du mal wieder mit, Sportsmann?"

Ich wischte mir mit dem Unterarm über das Gesicht. Früher waren wir oft zusammen gelaufen. Wir machten ziemlich viel gemeinsam. Susan und Corrie, seine Damalige, waren dicke Freundinnen, noch aus der Schulzeit, und wir verstanden uns sofort. Aber das war lange her.

„Der Milchmann wird wohl nicht mehr kommen, oder?" Ted sah mich nicht an.
„Der Milchmann?", fragte ich.
„Ted, der Milchmann kommt schon eine Ewigkeit nicht mehr."
Ich lachte: „Du wartest auf den Milchmann, ehrlich? Das gibt's nicht. Hey Ted, was ist los? Schlecht geträumt?"
Ted schüttelte den Kopf. „Nein, er kommt wohl nicht mehr."
„Ted, also ich weiß nicht, du stehst hier draußen in gottverdammter Frühe und wartest auf den Milchmann, der seit Jahren nicht mehr kommt? Mein Gott!"
„Wäre das nicht schön, wenn er käme?"
„Hey Ted, du kannst sie jetzt viel billiger im Supermarkt kaufen. Und die schmeckt ausgezeichnet."
Susan arbeitete im Supermarkt und die Milch war echt in Ordnung. Ich wusste nicht, was er hatte.

„Ich habe es so geliebt, das Schlagen der Flaschen am Morgen. Einer hatte mal eine Klingel."
Ted sah mittlerweile geradeaus. Von der Seite sah er bleich aus. Er hatte einen Bauchansatz bekommen. Mir fiel ein, dass Ted nie Milch trank. Er mochte keine Milch. Er hatte sie wohl schon als Baby nicht gemocht. Selbst die Muttermilch nicht. Seine Mutter musste abpumpen damals und bekam eine richtig schlimme Entzündung. Nein, Ted hasste Milch.
Ich schwieg.

„Ich bin dann immer aufgestanden, hab den Kaffee aufgesetzt und bin halb nackt vors Haus gegangen und hab die Flaschen geholt. Es waren immer zwei. Kannst du dich noch erinnern an diese

Flaschen mit dem Schnapper?"
„Klar, Ted, kann ich." Ich zupfte an den Bändern meiner Kapuze.
Er lachte wie von fern. „Halb nackt war ich, weiß Gott. Dann hab ich die Milch warmgemacht."
Er stand da, hielt sich jetzt an den weißen Brettern der Veranda fest und nickte. Es sah aus, als würde er mit dem ganzen Körper nicken.

„Mein Gott, weißt du, ich mochte noch nicht mal den Geruch von Milch. Ich habe es einfach ignoriert. Weißt du, es war egal. Das andere war so viel, so ... na du weißt ja."
Er atmete tief und ich sah auf seinen breiten Rücken.
„Ich trank einen kleinen Kaffee, du weißt schon, diese italienische Art – ich hatte so eine Maschine – und den anderen kippte ich ihr in die warme Milch. Wir haben ihn immer im Bett getrunken."
„Das ist lange her, Ted."
Er drehte sein Gesicht zu mir. Ich wich seinem Blick aus.
„Ja, weiß Gott, das ist lange her", sagte er.
Er drehte sich wieder um und schnippte kleine Krümel von dem Holz der Veranda.
„Ich habe ihr den Kaffee ans Bett gebracht. Und ihr Blick ... du hast ihren Blick nie gesehen, oder? Du weißt nicht, nein ... ich musste sie danach immer lieben, verstehst du? Es gab nichts anderes."

„Hast du je was von ihr gehört?" Ich biss mir auf die Lippen.
Er schüttelte den Kopf. „Sie ist irgendwo im Norden, Seattle oder so, wohl verheiratet."
Er schwieg. Wir standen noch so eine Zeit lang, ich meine, ich versuchte, einfach neben ihm zu stehen.

Die Tür zum Haus sprang auf. „Dad, Dad!“ Seine beiden Söhne sprangen noch in Schlafanzügen auf die Veranda.
„Was machst du Dad? Mam sagt, es gibt Frühstück! Kommst du?“
Er streichelte beiden über den Kopf. „Rein mit euch, wascht euch erst mal. Ich komme gleich.“
Die Kinder sprangen davon. Ted sah ihnen hinterher und sagte: „Niemand mag bei uns Milch. Niemand.“
Dann sah er mich an: „Und du? Wie geht's Susan?“
„Gut“, sagte ich, „gut!“
Er nickte und sah auf die Verandatreppe. Ich weiß nicht, ob er lächelte als er sagte: „Der Milchmann kommt eben nicht mehr. So ist es, was?“
Ich ging die Verandatreppen hinunter und war erst weniger vorsichtig, als ich den Kies unter mir spürte. Es knirschte.
„Ja, so ist es, Ted.“
Ich drehte mich kurz um und hob die Hand. „Machs gut, Ted.“
Er nickte mit dem Kopf und ich lief los.

Stern

Er stand in der Küche und schaute in den blauen Himmel.
Ich weiß nicht was mit mir los ist. Ich habe mir all diese kleinen Details gemerkt, aber es verändert sich dadurch nichts, dachte er. Wenn ich jetzt so ins Leere blicke, dann kann ich es sogar sehen. Ein Bild nach dem anderen. Und es war ja erst gestern. Nicht schwer also, jeden Blick noch im Kopf zu haben. Aber ich frage mich, was nützt es mir? Hat es mir je genutzt?
Gegenüber auf den Dächern zwang die Sommersonne die Tauben in den Schatten. Er trat einen Schritt vom Fenster zurück.
Es gibt keine Zufälle! Das Leben fällt auf einen zu. Und ich? Verdammt, ich kann's nicht fangen, verdammt. Ich hätte einfach die Arme heben müssen und ...
Er konnte nicht weiterdenken. Der Weg schien vergittert und die vielen hätte, wäre und warums bildeten eiserne Maschen, in denen er sich immer wieder verfing. Also von vorne, ja. Er wollte verstehen, was ihn da in so kurzer Zeit in diese Lage versetzt hatte. Lage? – besser Verfassung. Aber was hieß schon von vorne?

Seine Wohnung war klein, ein Apartment. Zimmer, Küche, Bad. Im Gang stand noch ein Telefon, aber er hatte es abgemeldet. Die meisten Anrufe bekam er geschäftlich untertags im Büro und meist war er auch lange dort.
Vorgestern, am Sonntag, ließ jemand gegenüber die Jalousien herunter, gerade als er ans Fenster ging. Er wusste nicht, wer da wohnte, aber es war Mittag und genauso heiß wie diese ganzen Tage. Es kam ihm eigenartig vor, wie ein Zeichen, und für einen Moment schüttelte er sich und wunderte sich über seine eigene Schrulligkeit. Am nächsten Tag ging er wie immer zur Arbeit. Der Wecker hatte um sechs Uhr geläutet. Er hatte geduscht, sich einen Kaffee gemacht und aus dem Fenster gesehen. Die Jalousi-

en sind immer noch herunten bei denen. Es ist schon so schön hell.
Über der Waschmaschine in der Küche hing der Adventskalender von Carla. Er wusste nicht, warum er ihm plötzlich auffiel. Das Licht schien ein wenig darauf und er sah, wie vergilbt er war. Carla hatte ihn selber gemacht und ihm geschenkt. Das war wohl zwei, drei Jahre her. Es waren einfach zwei Blätter übereinandergeklebt. Das untere war fester. Wohl Fotokarton oder Ähnliches. Auf dem unteren waren kleine Bildchen gemalt oder Sätze geschrieben. Die Bilder waren schwarzweiß. Ein Frauenkopf, ein Mann mit Zipfelmütze von der Seite, eine Ente ... er wusste nicht mehr alles. Die Sätze waren Kalenderblättern nachempfunden. Wer kein Ziel hat, kann auch keines erreichen oder Ähnliches. Oft mit Ausrufezeichen. Mein Gott, mit Ausrufezeichen, dachte er. Es gab auch ein Ich hab dich lieb oder Drück mich mal ganz fest. Hinter einem Türchen war ein kleines Foto von Carla und ihm. Man sah nur ihre Gesichter ganz dicht zusammen. Die Nasen wirkten riesig. Es hat mit der Entfernung zu tun, dachte er. Die Kamera ist zu nah. Er wusste nicht mehr alle. Er hatte sie zugemacht. Aber der Kalender hing immer noch da. Es war bestimmt schon der dritte Sommer seitdem. Er dachte: Ich sollte ihn woanders hinhängen. Sonst vergilben die Zahlen immer weiter. Scheißegal.
Irgendwie hatte der Tag da schon so anders angefangen. Er meinte, er hätte da schon gespürt, dass es ein eigenartiger Tag werden würde, als er den Kalender angesehen hatte. Ja, er dachte, dieser Tag, dieser Tag wird anders und er wunderte sich gleichzeitig über diesen Gedanken.

Es klingelte kurz nach sieben. Er nahm den Hörer von der Sprechanlage und lauschte, als könnte es an diesem Tag jemand anderer sein. Dirk arbeitete im selben Büro wie er. Sie saßen am selben Schreibtisch. Er holte ihn jeden Tag ab. Er hatte einen Wagen.

„Ja?"
„Wo steckst du? Komm runter – wir sind spät dran." Die Sprechanlage knackste. Er erwiderte nichts und drückte auf den Öffner. Er hörte das Summen und legte den Hörer wieder auf. Soll er warten, dachte er. Er ließ die Rollos herunter und trank seinen Kaffee im Stehen. Er musste noch mal ins Bad. Die Klingel ging erneut. Er zog den Reißverschluss zu, schloss den Gürtel und ließ das Hemd darüber fallen. Er spülte und ging zur Sprechanlage.
„Ja, ja, bin gleich da."
Sicher würde Dirk jetzt fluchen. Er zündete sich eine Zigarette an und ging in die Küche, knipste das Licht an und sah auf den Kalender. Alle Türchen waren zu. Drei Jahren waren es bestimmt. Er zog an der Zigarette und dann öffnete er das Türchen mit dem 24. Da war nur ein Stern und in dem Stern ein Herz. Wahrscheinlich hat sie es mir damals erklärt, dachte er. Er wusste es nicht mehr. Er machte das Licht aus und ging hinunter.

Dirk hatte den Wagen bereits gestartet. Er hing ganz nach vorne gebeugt am Lenkrad und sah durch die Frontscheibe zu ihm. Er trat die Zigarette aus und stieg ein. Dirk warf ihm einen kurzen Blick zu und fuhr ohne Blinker in die Straße.
„Sorry, bin spät dran gewesen heute", nuschelte er und sah aus dem Fenster auf den Bürgersteig. Dirk sagte nichts. Er schaltete das Radio ein. Immer noch die Geiselnahme, das Wetter sonnig und weiterhin hochsommerliche Temperaturen.
Auf dem Bürgersteig liefen Kinder mit kurzen Hosen und großen Schultaschen. Er bekam Lust, seine Schuhe auszuziehen, barfuß über eine Wiese zu laufen. Er erinnerte sich. Da gab es ein Bild von ihm. Eine Schwarzweißphotographie. Es war bei seiner Tante im Garten. Er war barfuß und hatte nur eine kurze Hose mit Trägern an. Ihm fiel nicht ein, wer das Photo geschossen hatte, aber er sah sich auf die Kamera zulaufen. Seine Arme ruderten und der kleine nackte Oberkörper leuchtete weißlich auf der dunklen

Wiese. Er hatte recht lange Haare und sie sahen kräftig aus. Er lachte so, wie er immer lachen wollte. Einfach so.

„Meine Güte, es ist jetzt schon so heiß", sagte Dirk und sah zu den anderen Autos neben ihnen. Sie standen. Berufsverkehr. Rechts von ihm zog sich eine ältere Dame die Lippen nach. Ihre Bluse wirkte durchsichtig. Er sah weg.
„Nächstes Jahr kauf ich mir ein Cabrio", sagte Dirk. „Wenn ich dann überhaupt noch in diesem gottverdammten Büro arbeite. Und wenn es nur für einen Sommer ist. Was meinst du?"

Im Büro schaltete er den Ventilator ein, setzte sich an den Zeichentisch und zündete sich eine Zigarette an. Er starrte in den toten Computer und sah sich selbst, schemenhaft und rauchend. Dirk brachte Kaffee.
„Was ist eigentlich mit dir los heute? Bekommst ja kein Wort raus?"
Er hatte keine Lust, sich mit Dirk zu unterhalten, aber Dirk setzte sich auf den Schreibtisch und rührte in seinem Kaffee.
„Mensch, Claudi liegt mir die ganze Zeit in den Ohren. Du kannst es dir nicht vorstellen. Ich meine, weißt du, es gibt so Tage, da ertrag ich es einfach nicht und dann schau ich jedem Rock auf der Straße nach und was weiß ich, ich würde jede nehmen, verstehst du?" Dirk sah ihn an und er nickte.
„Es ist einfach immer dasselbe", seufzte Dirk. „Diese ständige, nörglerische Fragerei. Wann fahren wir mal wieder weg? Wieso kommst du so spät? Der Kleine hat ja gar nichts von seinem Vater und wir müssen mal über uns reden ... und diese ganze Scheiße. Verstehst du, manchmal hab ich's einfach so satt."
Dirk trank aus dem Plastikbecher und verzog das Gesicht. Der Kaffee war heiß. Dann machte er eine weitausholende Bewegung mit dem Arm und sagte: „Da draußen laufen jede Menge Klassefrauen rum und ich ...?" Er nahm noch einen Schluck. „Ich weiß

schon gar nicht mehr, wie man das macht. Ich mein, selbst wenn ich einer begegnen würde ..." Er zuckte mit den Achseln, stand kurz auf, wandte sich einen Moment ab und setzte sich doch sofort wieder auf den Tisch. Er sprach jetzt leiser. „Sommer ist eh so scheiße. Die laufen da draußen alle rum, dass du ohne Ende scharf wirst und wenn du dann nach zehn Stunden aus dem Büro kommst, kriegst du höchstens noch die Füße hoch, um vor dem Fernseher einzuschlafen."

Dirk rutschte vom Tisch und klopfte ihm auf die Schultern.

„Sorry – aber manchmal nervt's einfach und wenn ich es dann ausspucken kann ... du als alter Single hast damit ja eh keine Probleme. Kannst abschleppen, wen du willst ..."

Er schaltete den Computer ein. „Ist schon okay, Dirk", sagte er und fing an zu zeichnen.

Am Abend hörte er früher auf. Er lief ein Stück durch die Stadt, ließ sich treiben, sah den „Klassefrauen" nach, kaufte sich ein Eis und nahm die U-Bahn nach Hause.

Trotz der heruntergelassenen Jalousien war die Luft stickig und warm. Er wohnte unter dem Dach. Er zog die Rollläden hoch und öffnete alle Fenster. Die Strahlen der tief stehenden Sonne bogen sich über die Scheiben ins Zimmer. Er ging in die Küche, holte sich ein Bier aus dem Kühlschrank und sah zum Fenster hinaus. Er hatte Lust, noch wegzugehen und entschied sich für Schwimmen. Er trank das Bier aus und packte die Badehose, das Shampoo, zwei Handtücher und ein Deo in seine Tasche und stellte sich wieder vor das offene Küchenfenster. Er hatte noch viel Zeit. Vor einundzwanzig Uhr war es ihm immer viel zu voll. Er trank noch ein Bier, sah lange auf den Kalender und ging dann los. Von ihm aus bis zu dem Schwimmbad im Osten der Stadt waren es nur vier Stationen. Und der Bus hielt direkt vor der Haustür.

Er ging die paar Schritte zur Bushaltestelle. In dem kleinen Häuschen wartete eine Frau. Sie saß auf den blauen Drahtbänken und

er sah auf ihre braunen Arme. Sie trug ein T-Shirt mit einem Aufdruck, den er nicht deuten konnte. Sie hatte die Beine übereinandergeschlagen und wippte mit dem in der Luft baumelnden Turnschuh.
Er blickte zur Straße. Als er wieder zu ihr hinsah, biss sie in einen Apfel und für einen Moment nahm er an ihrem Handgelenk einen großen Stern wahr. Ein Tattoo. Nicht ausgemalt. Nur die Umrisse, aber ganz leuchtend.
Der Bus kam und war fast leer. Er stieg hinten ein und setzte sich dort, wo die Sitze sich gegenüberstehen. Für einen Moment sah er die Frau von hinten. Ihre Jeans hing weit herunter und er sah ihren Slip. Sie drehte sich herum und setzte sich ihm gegenüber. Sie aß noch immer ihren Apfel und las ein Journal. Warum setzt sie sich ausgerechnet mir gegenüber? Ihr Hals war sehr braun. Sie trug eine silberne Kette ganz eng um den Hals. Der Bus ist doch ganz leer. Er sah nach hinten. Die Stadt war jetzt ganz weich. Der dunkelblaue Himmel lag wie eine Glocke über den Häusern und hielt die Wärme in der Stadt.
Beim Schwimmbad stieg er aus und ging bis zur Ampel. Es war Rot und er hatte keine Eile. Er wartete. Er spürte, wie sich jemand neben ihn stellte. Es war die Frau aus dem Bus. Er sah sie an. In ihrer jetzt offenen Tasche sah er das Journal und ein Handtuch. Er blickte auf das rote Männchen. Ich weiß gar nicht mehr wie man das macht. Ich stehe hier, gleich wird das Männchen laufen und ich könnte doch etwas sagen, einfach etwas fragen, gehen Sie auch Schwimmen, oder … das wäre doch in Ordnung, oder? Ganz einfach …
Mit dem grünen Männchen lief auch die Frau los. Sie schien es jetzt eilig zu haben. Er ging hinterher. Ihm gefiel, wie sie lief.
Im Bad ging er zu den Umkleiden. Es gab keine extra Bereiche für Männer und Frauen. Er nahm also irgendeine Kabine und stellte seine Tasche auf den Boden. Er zog sein Hemd aus und wollte gerade den Schließbügel der Tür herunterlegen, da stieß ihm die

Tür gegen die Schulter und die Frau schaute in seine Kabine herein. „Tschuldigung", sagte sie, blieb einen Moment stehen, lächelte ihn an und verschwand. Er war verwirrt. Er rieb sich die Schulter. Er hatte wieder nichts gesagt, obwohl sie einen Moment innegehalten hatte, als wartete sie auf seine Reaktion. Er schloss den Bügel und zog sich langsam um. Er spürte ihr Lächeln auf seinem Gesicht. Dann sperrte er seine Sachen weg, strich sich mit beiden Händen übers Gesicht und ging mit dem Handtuch in der Hand den Gang entlang in Richtung Dusche. Es war still und er hörte seine nackten Füße auf dem Fliesenboden. Am Ende des Ganges war ein Eckspiegel. Er blieb kurz stehen und betrachte sein Gesicht. Als er hinter sich ein Geräusch hörte, drehte er sich nicht um, sondern blickte durch den Spiegel zurück in den Gang. Er sah nur ihren Kopf. Sie schaute aus einer Kabine heraus in seine Richtung. Als er sich umdrehte, war ihr Kopf verschwunden.
Er duschte gründlich und war froh um das fließende Wasser. Er wollte jetzt einfach tausend Meter schwimmen, wie immer, und an gar nichts denken.
Er atmete tief durch. Entspann dich! Dann ließ er sich ins Wasser gleiten, zog seine Schwimmbrille herunter und tauchte erst mal ein paar Meter, bevor er zügig losschwamm.
Nach ein paar Bahnen machte er am Beckenrand Halt. Es waren kaum mehr Leute da. Aber jemand schwamm auf ihn zu und hielt dann auch am Beckenrand, direkt neben ihm.
Er sah sie von der Seite an. Auch sie trug eine Schwimmbrille. Als sie zu ihm sah, schaute er weg und schwamm gleich darauf wieder los.

Er wusste im Nachhinein nicht mehr wie oft sie gemeinsam rasteten am Beckenrand, er hatte nicht mitgezählt. Aber bei jeder Rast wartete er fast ängstlich auf sie und wenn sie schon am Beckenrand hielt, spürte er sein Herz kräftiger schlagen, als es für die Schwimmzüge erforderlich gewesen wäre und fast außer Atem legte er dann auch eine Pause ein. Immer wieder streiften sich ihre Blicke, aber hinter der Schwimmbrille konnte er nicht richtig erkennen, ob sie lächelte. Ab und zu schwamm sie dicht an ihm vorbei und mit der Brille konnte er sie auch unter Wasser gut erkennen. Und dann, dann sah er unter Wasser, als sie wieder an ihm vorbeischwamm, den Stern. Der Stern leuchtete und er wusste es jetzt.

Er schwamm seine tausend Meter noch fertig und wartete dann am Beckenrand. Er blickte auf die ein- und auftauchenden Köpfe im Wasser und suchte ihren. Er blieb lange am Beckenrand, aber sie war nicht mehr da.

Am nächsten Tag ging er nicht in die Arbeit. Er hatte auf Dirks Klingeln einfach nicht reagiert. Das Telefon war ohnehin tot. Er stand in der Küche und schaute in den blauen Himmel. Ich weiß nicht, was mit mir los ist. Er sah hinaus und der Tag lag wie abgeschnitten draußen vor dem Fenster. Er holte sich ein Bier, sah eine Zeit lang auf die heruntergelassenen Rollläden gegenüber und ließ dann auch die eigenen Jalousien herab. In der Dunkelheit tastete er nach dem Kalender und drückte das Türchen vom 24. fest zu.

Am Ende

Sie war älter geworden. Vielleicht wegen der Kinder.
Als er das Lokal betrat, war sie aufgestanden, hatte ihn angestrahlt und ihm die Hand gegeben. Er war froh, Schal und Mantel zur Garderobe bringen und sich damit noch mal kurz abwenden zu können.
Sie wartete an dem kleinen Tisch mit Kerze und er ließ sich Zeit, an den Tischen und Stühlen des ziemlich gefüllten französischen Lokals vorbei, wieder an ihren Tisch zurückzukehren. Ihre langen, braunen Haare trug sie offen, das Gesicht war sehr braun und dezent geschminkt, der Pullover eher derb, aber ganz passend für die kalte Jahreszeit und den Stil dieser Brasserie. Sie trug ihre Brille nicht und saß ganz ruhig.
„Entschuldigung, ich habe mich etwas verspätet. Wartest du schon lange?“
Er setzte sich, öffnete eine Packung Gauloises und zündete sich eine Zigarette an.
„Nein, nein. Außerdem ist es hier ganz nett. In so einem Lokal macht es mir nichts aus, ein paar Minuten zu warten. Bist du öfter hier?“
Sie lächelte ihn an. Das Lächeln war breit und die Lippen setzten sich dabei so weit voneinander ab, dass man ihre Zähne sah. Er fand ihr Lächeln immer nett, aber nie erotisch.
„Hin und wieder.“ Er sah sie an und ließ die Zigarette nicht los.
„Na, wie geht's?“ Sie hielt den Kopf leicht schief und das Lächeln schien von ihrem Mund in die Augen gehuscht zu sein.
Er zog sehr langsam an der Zigarette und ließ seinen Blick durchs Lokal wandern. Es war bereits halb neun und für die Uhrzeit noch relativ wenig verraucht. Er lächelte der Bedienung zu und erst als sie an den Tisch trat, fiel ihm auf, dass er die Frage nicht beantwortet hatte.

„Hast du eigentlich schon bestellt?“ Er sah ihr flüchtig ins Gesicht und nahm sich die Karte, ohne wirklich darin zu lesen.
Er bestellte wie immer. „Einen Muskadet bitte! Und du?“
„Isst du nichts? Ich habe richtig Hunger. Bringen Sie mir bitte eine Galette provincial und ein Glas Chardonnay.“
Er nahm die Karte noch mal und spürte den geduldigen Blick der Bedienung.
„Ja, gut, bringen Sie mir die Galette mit dem Spinat und dem Gorgonzola.“
Die Bedienung sammelte die Karten wieder ein und entfernte sich. Er blickte ihr nach, ohne sich für sie zu interessieren.
Es war laut und sie beugte sich zu ihm herüber.
„Schön, dass wir uns mal wieder sehen. Ich war allerdings auch überrascht, dass du mich angerufen hast.“
Er drückte die Zigarette aus und gab dem Impuls, sich eine neue anzuzünden, nicht nach.
Warum hatte er sie angerufen? Was wollte er eigentlich von ihr? Jetzt ihr gegenübersitzend war ihm sein Impuls fremd und unverständlich.
„Ja, ich finde es auch schön. Einfach mal essen zu gehen.“
Er schnippte mit dem Feuerzeug. Der Wein kam und sie prosteten sich höflich zu.
„Findest du es hier zu laut?“ Er blickte sich um.
„Nein“, entgegnete sie und nahm noch einen winzigen Schluck Wein.
„Warum hast du mich angerufen? Warum wolltest du mich sehen?“
Er blies die Backen auf und seufzte. „Ja, ich weiß nicht so genau. Irgendwie war mir danach.“
Er fand sich jetzt albern. Seine Hände waren schwitzig und er stellte sich vor, wie er sie mit diesen schwitzigen Händen berührte, sich ihr mit seinem kranken Körper näherte und sie sich angeekelt abwenden würde. Sie wirkte so ruhig, so gelassen, so sicher,

als wäre alles so einfach, und jetzt reden wir so wie vernünftige Leute und diese ganze Scheiße.
Sie saß ihm gegenüber mit diesem groben Pullover und plötzlich hatte er ein Verlangen, grob zu sein, sie zu verletzen. Aber was sollte das alles? Warum saß er hier? Mit einer Zunge aus Holz? Ihm war nach heftigem Trinken und Rauchen.
Er hielt sein Glas hoch, bis die Bedienung es erblickte und fingerte sich umständlich eine Zigarette aus der Packung. Er zitterte und spürte den kalten Schweiß zwischen den Schulterblättern. Noch während er sich die Zigarette anzündete, beim ersten tiefen Einatmen, ließ er seine Zunge los.
„Weißt du, ich dachte, wir sehen uns ja jetzt vielleicht nicht mehr, vielleicht gibt es noch etwas, was wir ..." Er stockte. Sie sah ihn an. „Gehst du ins Ausland? Ich mein, wir haben uns die letzten drei Jahre auch nur zweimal gesehen und das war nur auf Festen. Was ist los?"
Er sah sie nicht an. Warum auch? Warum sollte er ihr etwas sagen, warum ausgerechnet ihr? Er zog an der Zigarette und drehte sie dann lange am Rand des Aschenbechers.
„Willst du noch mal über alles reden?" Sie beugte sich noch weiter nach vorne.
„Um Gottes Willen, nein." Er hustete und versuchte zu lachen. „Es zu erleben, hat mir gereicht. Ach, ich weiß auch nicht. Vielleicht war es auch blöd. Vergiss es!"
Er hätte jetzt gehen können. Was immer er auch gewollt hatte, es war nicht da, es war nicht möglich.
„Nein, es war nicht blöd. Vielleicht sind wirklich noch nicht alle Dinge gesagt zwischen uns. Und jetzt, nachdem ein gutes Stück Zeit vergangen ist, gibt es vielleicht das ein oder andere. Also, wenn du willst?"
Er zog seine Hände vom Tisch zurück. Ein gutes Stück Zeit?
Er rauchte jetzt tiefer und starrte auf die Zigarette. Es ging sie nichts an. Er musste selber klarkommen. Er wusste, dass sie ihn

jetzt offen und freundlich ansah und genau dagegen könnte er sich nicht wehren.

Als die Galettes kamen, drückte er die Zigarette in den Aschenbecher und zeichnete mit dem Stumpen ein Kreuz in die Asche. Sie begannen zu essen.
„Also gesprächig bist du ja nicht gerade.“ Sie lachte ihn an und genoss ihr Essen.
„Du kennst mich ja.“ Er versuchte zu lächeln.
„Ja“, sagte sie und sah ihn nicht an.
„Wie kommt es, dass du so braun bist?“ Er war jetzt entschlossen, den Abend irgendwie zu retten.
„Ach, ich war für drei Wochen mit Martin in der Karibik auf einem Segelturn. Und du weißt ja, wie bei mir die Bräune hält ...“
Und dann erzählte sie weiter und er hörte ihr zu, stellte auch die ein oder andere Frage, trank noch ein paar Gläser, rauchte und zeichnete Kreuze in den Aschenbecher.

Der Abschied war nicht ohne Herzlichkeit.
Sie sagte: „Machs gut und pass auf dich auf.“ Sie reichte ihm die Hand und er sagte: „Ja, du auch.“

Als er zu Hause die Wohnungstür aufschloss, ohne das Licht anzumachen in die dunkle Küche ging, sich einen Whiskey einschenkte, eine Zigarette anzündete und vor sich hinhorchte, kam ihm die Erinnerung. Die Haare, der grobe Pullover, die braune Haut. Er war dieser Frau gegenüber gesessen und hatte ihr nichts erzählt von dem, was ihm bevorstand. Er hatte den Abend mit dieser Frau verbracht, dieser Frau, die nicht mehr die seine war.
Das war alles.
Er ließ das Licht aus.

Sandfisch

Sie saßen im Auto. Er legte die U2-Kassette ein: I can' t live with or without you. Mehr konnte er ihr nicht sagen. Sie schwiegen und er konzentrierte sich auf den Verkehr. Er brachte sie zum Bahnhof der kleinen italienischen Hafenstadt.

Sie war erst zwei Tage zuvor dort angekommen. Er hatte sie abgeholt und schon auf der Fahrt zu dem abgeschieden gelegenen Haus in den Hügeln hatten sie sich gestritten. Er wusste nicht mehr wegen was. Er wusste überhaupt nichts mehr, wollte nichts wissen und doch beschwerten die Bilder der letzten beiden Tage seinen Kopf.

Im Haus hatte er erst mal einen Espresso gemacht, war mit ihr auf die Terrasse gegangen und hatte den weiten Blick ins Tal und auf die anderen Hügel genossen. Die Hügelketten lagen bläulich verstreut, und weit entfernt hörte man das Summen der Autostrada.

Sie rauchten, tranken den Espresso und er sah sie immer wieder von der Seite an. Er hatte so gehofft, dass sie kommen würde und als sie da war, wusste er nichts damit anzufangen, wurde unsicher und es kam ihm alles ganz falsch vor. Sie hatte ihn angesehen und gelacht. Er liebte ihr Lachen. Wie oft war ihm ihr Lachen wie eine Flut durch seine abgestandenen Gedankenflüsse gerauscht und hatte ihn spüren lassen, dass es irgendwo ein Meer geben musste. Er dachte an den salzigen Geschmack sonnenverwöhnter Haut, die Wärme des Sandes und das Rauschen der Dünung.

„Du bist ein Idiot," sagte sie und er verstand nicht. Sie zog an ihrer Zigarette und sah ihn nicht an. Sie grinste in sich hinein und schüttelte den Kopf.

„Ich komme fast tausend Kilometer hier angereist und das ein-

zige, was du mir zu sagen hast, ist, dass ich nicht hätte kommen sollen. Du spinnst einfach.“ Sie schüttelte den Kopf.
Er konnte sich nicht erinnern, das gesagt zu haben, aber er konnte auch nicht sagen, dass er das unmöglich gesagt haben könnte. Wahrscheinlich hatte er es gesagt. Er zündete sich eine Zigarette an und sah weit über das Land.
Eine Freundin hatte ihm das Haus für ein paar Wochen zur Verfügung gestellt und er hatte die Zeit eigentlich nutzen wollen zum Malen, Lesen und Nachdenken. Aber er war nur mit dem kleinen Panda herumgefahren, hatte sich belanglose, italienische Städtchen angesehen und war rauchend über Mittag in Cafés gesessen, ohne einen wirklichen Gedanken zu entwickeln. Es gab Tage, die sich in seinem Erleben so auflösten, dass er sie am nächsten Tag vollständig vergessen hatte. Er sackte in eine Leere weg, die ihn nicht beunruhigte, ganz im Gegenteil: Alles wurde ganz ruhig. So ruhig, dass er eigentlich kaum mehr existierte. Er dämmerte und das Einzige, was ihm bewusst geworden war, war die tägliche Schachtel Zigaretten und die zu Ende gehenden Weinvorräte. Er trank mittags eine Flasche – sofern er nicht irgendwo in einem Café saß – und abends ebenso. Er sah keine Notwendigkeit, das zu ändern. Die Zigaretten waren ein Teil von ihm und waren ihm ebenso vertraut wie die Zahnbürste oder der Rasierer.
Die Tage waren dahingeschwommen und er tauchte in dieser sommerlichen Hitze – der August war brennend heiß – einfach in eine Ereignislosigkeit weg, die ihn nur in manchen Momenten noch überraschte. Abends, wenn er nicht einschlafen konnte, und der Wein ihm wie ein Tuch schwer über dem Kopf lag, zogen ihm Fetzen des Tages wie Spinnengewebe durchs Gehirn und er verlor sich darin, zu sortieren, wann und wo er was gedacht, getan oder gar gefühlt hatte. Sein Bemühen, eine Ordnung in sich zu finden, war so hoffnungslos, dass er darüber in einen unruhigen Schlaf glitt.

Die Sonne sank jetzt über den Hügeln und er wollte etwas trinken.
„Magst du einen Schluck Wein?"
Sie sah ihn an und ihre Locken bebten leicht. „Lass uns lieber etwas essen und dazu etwas trinken. Ich habe Hunger."
Sie leckte sich über die Lippen und schnippte die Zigarette zum Teich hin. Er sah, wie sie auf den Kies vor den Teich fiel.
„Soll ich uns etwas kochen?"
Sie nickte.
„Hast du auf etwas Besonderes Lust?" Er sprach langsam, als ob es ihm Mühe bereiten würde zu reden.
„Nein, lass uns einfach etwas zusammen kochen. Ich möchte etwas mit dir zusammen machen. Verstehst du?"
Er nickte und gab ihr einen Kuss auf die Stirn.
„Du bist schon ein komischer Vogel." Ihre Stimme klang jetzt weicher und sie hielt ihn kurz fest und kuschelte sich an ihn. Er hielt sie und roch an ihren Haaren. Sie roch immer gleich. Oft hatte er sich nach diesem Geruch gesehnt. Manchmal hatte er sie mitten in der U-Bahn gerochen und hatte sich dann umgesehen, als würde sie hinter ihm sitzen oder wäre an ihm vorbeigegangen. Er war in eine Drogerie gegangen und hatte sämtliche Düfte getestet. Es war hoffnungslos. Er fand ihren Duft nicht. Vielleicht war es ihr Körper. Vor Wochen hatte er sie einmal danach gefragt und sie hatte nur gelacht und den Kopf geschüttelt.
„Vielleicht sind es die Mottenkugeln in meinem Kleiderschrank."
Er hatte auch gelacht, aber der Gedanke mit den Mottenkugeln hatte ihn nicht losgelassen. In seinem Schrank roch es anders.
Er hielt sie weiter fest, schloss die Augen und hatte nichts anderes im Sinn als sie zu riechen.
„Los, wir kochen jetzt etwas!" Sie entwand sich ihm und er öffnete die Augen wieder. Für einen Moment musste er sich zurechtfinden. Sie gingen rein und er sagte ihr, was sie tun sollte.

Sie schnipselte Gurken und Karotten für den Salat. Er gab ihr Tomaten, Knoblauch und bereitete gleichzeitig die Penne mit einem Fischsugo vor. Es roch gut in der Küche. Von der Terrasse hörten sie ein paar Zikaden und als diese verstummten, legte er eine Kassette in das alte Radio, das er sich mitgebracht hatte. Sie war ebenfalls in Irland gewesen und auch sie mochte U2. Sie rauchten beim Kochen und hatten schon fast eine Flasche Wein geleert. Sie erzählte vom Tanzen und Singen, bewegte sich zur Musik, sah ihn dabei an und er fand ihr Tanzen erregend. Er hörte zu, und ab und zu sagte er etwas, ohne dass er später gewusst hätte was.

Als das Essen fertig war, gingen sie auf die Terrasse und nachdem sie noch eine Zigarette zusammen geraucht hatten – er fand es schön, sie schweigend hin und her zu geben – servierte er das Essen und sein Körper nahm dazu eine beinahe feierliche Haltung an. Er überließ ihr den Platz mit dem weiten Blick und setzte sich ihr gegenüber. Er hob das Glas.

„Schön, dass du da bist."

Sie lachte aus vollem Hals und bog dabei den Körper nach vorne, sodass ihre Haare ihr Gesicht verhüllten.

„Vielleicht ist es gerade das, was mich zu dir hinzieht, weißt du. Es ist zu blöd. Ich hab einfach keine Ahnung, was eigentlich mit dir los ist."

Er grinste: „Nichts, wieso? Jetzt stoß schon mit mir an."

Sie hob das Glas und sah ihn an. „Gut, also dann, auf ... ja auf die Verrücktheit des Lebens, ja?"

Ihr Gesicht leuchtete und er musste aufstehen und sie küssen. Er spürte ihren Atem und die weinschwere Zunge. Er küsste sie lange und vergaß die Penne und alles.

Sie räusperte sich. „Hm, ist das schon der Nachtisch?"

Sie zog den Kopf noch weiter zurück und sah ihn fragend an. Er setzte sich ihr wieder gegenüber und nahm einen großen Schluck.

„Die Penne schmecken dir, oder?"
Sie lachte. „Du lässt mich ja bisher gar nicht probieren."
Sie aßen und sein Magen wurde unruhig. Er hatte Mühe, überhaupt etwas zu essen. Sie sah ihn an und aß sehr langsam, indem sie jede Nudel einzeln mit der Gabel aufspießte. Von innen hörte man noch U2. Ein leichter Wind strich über die Terrasse und ließ die kleinen Windlichter flackern. Er hatte heftige Bauchschmerzen. Sie rauchten, ohne dass sie zu Ende gegessen hatten und er holte eine neue Flasche.
„Magst du einen Grappa?"
Sie kannte das nicht und er nahm es hin, ohne darüber nachzudenken. Sie wollte probieren und das reichte ihm. Er trank drei kleine Gläser und dann ging es ihm besser. Er erzählte von seiner Arbeit, dem Malen, der herrlichen italienischen Architektur und sie lächelte die ganze Zeit. Er erzählte es einfach so. Er wusste nicht, ob er es wirklich ihr erzählte. Die Geschichten waren ihm egal. Er wollte nur nicht wieder in diese Stille zurückfallen.
Sie rauchten und der Wind war so warm. Er schwitzte und erzählte. Sie lächelte und mitten in einer seiner belanglosen Geschichten kam sie zu ihm herüber, nahm seine Hand, setzte sich auf seinen Schoß und sagte: „Hör auf. Was willst du? Ich bin hier. Hast du das überhaupt schon richtig bemerkt? Spürst du mich?" Sie nahm seine Hand und legte sie sich unter das T-Shirt auf den Bauch. „Die Haut? Meine Haare?" Sie wedelte ihm mit den Locken durchs Gesicht. „Hey, ich bin's. Ich bin hier. Ich hab keine Lust auf irgendwelche Geschichten. Ich habe Lust auf dich, verstehst du?"
Er strich sich mit der freien Hand durch die Haare und wusste nicht, was er erzählt hatte. Sein Magen rumorte wieder und es war ihm unangenehm, dass sie auf seinem Schoß saß.
„Ja, ja, ich versteh schon." Er angelte sich eine Zigarette vom Tisch und als er sie ansteckte und ihr gab, stand sie auf und ging an die Brüstung der Terrasse. Er stand auch auf und stellte sich

neben sie.
„Schlaf mit mir!“ Sie blickte starr in die Dunkelheit und er wiederholte den Satz in sich, wie um sich ins Bewusstsein zu holen, was damit gemeint war. Er legte den Arm um sie und sie wandte sich ihm zu.

Später, als er auf ihr lag, flüsterte sie: „Sag mir, dass du mich liebst.“
Er sagte, was sie sich wünschte und suchte nach einem Gefühl zu diesem Satz. Er sagte den Satz noch einmal und spürte dabei die Schwere seines Körpers und den Schweiß auf seinem Rücken.

Am nächsten Tag fuhren sie herum. Er zeigte ihr ein paar der umliegenden Städtchen und sie tranken einen Espresso. Die Mittagshitze lag flirrend auf den Steinen und er schwitzte an den Haaransätzen. Nur ein paar alte Männer saßen im Schatten einiger spärlicher Bäume und sahen vor sich hin. Ab und zu nahm einer sein Glas – es war wohl ein Ramazotti oder Ähnliches – nahm einen winzigen Schluck und stellte das Glas wieder vor sich auf den Tisch. Es passierte nichts.
Sie fuhren auf kleinen Landstraßen zurück zum Haus und er legte seine Hand beim Fahren auf ihren Oberschenkel. Sie summte und er konzentrierte sich aufs Schalten.

Als sie am Abend wieder auf der Terrasse saßen, klingelte das Telefon. Er legte seinen Zeigefinger auf ihre Lippen, gab ihr einen Kuss auf die Stirn und ging zum Telefon. Es war seine Frau.
„Kommst du voran mit dem Malen?“, fragte sie.
„Ja, es geht mir gut.“
„Bist du einsam? Weißt du, ich vermisse dich schon. Klar, ich arbeite den ganzen Tag und am Abend ist es auch schön, Zeit für mich zu haben, aber dann habe ich doch so plötzliche Anfälle von Sehnsucht.“

„So geht es mir auch“, sagte er.
Seine Frau schwieg.
Er fragte nach Post und ob es irgendetwas Wichtiges gäbe. Sie verneinte und dann wünschten sie sich gegenseitig eine gute Nacht.
„Denk an mich, wenn du einschläfst, ja?“ sagte sie.
„Mach ich.“
„Wann kommst du zurück?“
„Nächste Woche, wie besprochen“, gab er zur Antwort.
„Schade, dass ich jetzt nicht bei dir sein kann.“
Er nickte und sagte nichts.
„Also dann noch mal gute Nacht“, sagte sie, „schlaf gut, hörst du, und trink nicht so viel.“
„Ja klar. Schlaf du auch gut.“ Er legte auf und sah auf das Telefon. Dann ging er in die Küche, nahm die Grappaflasche, zwei Gläser und ging auf die Terrasse zurück. Sie hatte sich eine Zigarette angezündet und sah ihn fragend an. „Deine Frau?“
„Ja.“
„Und was ist?“
„Nichts, gar nichts.“
Sie rauchte und er schwieg, schenkte sich einen Grappa ein und trank ihn aus.
„Ich kann das so einfach nicht.“ Er wusste selbst nicht so recht, was er damit meinte.
Sie sah ihn an und ihr Blick verlangte eine Erklärung von ihm.
„Irgendwie geht das einfach nicht. Ach, ich weiß auch nicht. Ich meine ... ich sitze hier mit dir und ...“ Er redete und versuchte etwas zu erklären, das ihm selbst noch nicht klar war und sich erst jetzt, während er sprach, an die Oberfläche mühte. Es war, als sähe er sich selbst dabei zu, was er da zu Tage förderte.
Mitten in seinem Reden fragte sie: „Willst du, dass ich wieder fahre? Ist es das?“
„Ja.“ Er wunderte sich wie plötzlich und einfach dieses Ja in ihm

auftauchte.
Sie begann zu weinen und ihre Nasenflügel bebten. Dann schrie sie ihn an: „Du Arschloch! Du gottverdammtes Arschloch! Du, du bist echt das Letzte! Du hast gar keine Ahnung, was du da sagst. Du fröstelst mich. Du müsstest dich jetzt selbst mal im Spiegel sehen, wie du glotzt mit deinen kalten, starren Augen, wie ein Fisch ..." Ihre Stimme versagte und er zündete sich eine Zigarette an. Sie schluchzte. „Leider ist es ja jetzt schon zu spät, sonst müsste ich wahrscheinlich sofort verschwinden, oder? Erträgst du mich noch diese Nacht oder muss es sofort sein?" Sie sah ihn mit roten, wilden Augen an.
„Ich fahre dich morgen früh zum Bahnhof."
„Super, wirklich super. Das ist alles was du ..." Sie schluchzte wieder auf. „Du bist so mies. Mein Gott, bist du mies. Meine Güte, wie blöd ich bin. Dass ich überhaupt hierher gekommen bin. Ich hab es doch gewusst. Scheiße!"
Sie lief ins Haus, und er blieb rauchend auf der Terrasse, goss sich das Glas bis zum Rand mit dem Grappa voll und trank es leer. Der Grappa lief ölig seine Kehle hinunter. Er brannte nicht. Es war eher wie ein Leuchten in seinem Hals.
Später holte er sich einen Pullover, eine Decke und legte sich auf die Terrasse. Er versuchte die Bilder des Tages zu ordnen, sah zu den Sternen hoch und musste immer wieder von vorne beginnen. Als die Vielfalt der Sterne und Gedanken ihn immer mehr verwirrt hatte, schlief er ein.

Am nächsten Morgen saßen sie im Auto. Er legte die U2-Kassette ein. I can´t live with or without you. Mehr konnte er ihr nicht sagen. Sie schwiegen und er konzentrierte sich auf den Verkehr. Ab und zu lachte sie kurz und hart auf und sagte mehr zu sich selbst: „Das gibt's echt nicht, ne."

Am Bahnhof kaufte er ihr ein Ticket. Der Zug ging erst nach

Mittag. Sie hatte sechs Stunden Zeit. Sechs Stunden. Er stand am Auto, den Oberkörper an die Fahrertür gepresst und sah zu ihr hinüber, wie sie ihren Rucksack aus dem Auto hievte.
„Schöne Scheiße", sagte sie, „jetzt darf ich hier auch noch warten. Und du fährst jetzt sicher zurück und lässt mich einfach hier stehen. Schöne Scheiße!"
Er kurbelte das Fenster hoch und schloss die Tür. „Wollen wir an den Strand gehen?"
Sie sah ihn an und nickte.

Sie lagen bäuchlings nebeneinander auf dem Sand und sahen sich immer wieder an. Irgendwann begann sie etwas in den Sand zu zeichnen. Ein Auto, eine Sonne, ein Gesicht und so weiter. Sie wischte den Sand immer wieder mit dem Handrücken plan.
Sie zeichnete einen Fisch, deutete auf den Fisch und sagte: „Das bist du." Sie drückte mit dem Zeigefinger in den vermeintlichen Kopf des Fisches, sah ihn dabei an und sagte: „Du Blindfisch!"
Sie zeichnete mit einem Strich ohne abzusetzen ein Haus um den Fisch. „Das - ist - das - Haus - vom - Fisch - im - Sand."
Bei jeder Silbe ein Strich. Man durfte nicht ein zweites Mal eine Linie entlang fahren. Das Haus bestand aus einem Viereck mit Dach und einem Kreuz in dem Viereck. Das Kreuz lag über dem Fisch. Er probierte es ein paar Mal und schaffte es nicht. Sie lachte und zeigte es ihm. „Eigentlich heißt es ja, das Haus vom Nikolaus!"
Er zeichnete es vier-, fünfmal. Dann hatte er es. Sie lachte und ihre Locken waren voller Sand. Er küsste sie und sie wehrte sich nicht. Dann lagen sie nebeneinander im Sand, die Körper einander zugewandt und sahen sich an.

Er brachte sie zum Zug und trug ihr den Rucksack auf den Bahnsteig. Sie umarmte ihn und er roch ihre Locken, schloss dabei die Augen und hielt sie ganz fest.

Sie löste sich und sagte: „Hau ab, du Arschloch!“ und lächelte ihn an. Er ging und sah sich kurz um, bevor er die Treppen zur Unterführung hinunterstieg. Als der Zug kam, saß er bereits im Auto.

Zu Hause setzte er sich auf die Terrasse, zündete sich eine Zigarette an, holte seine Malsachen und begann zu malen.
Erst als die Abendluft kühler wurde und er nichts mehr sehen konnte, hörte er auf. Er machte Licht und sah sich die Skizzen immer wieder an. Es war ihm, als könnte er sich an alles ganz genau erinnern, was in den letzten beiden Tagen geschehen war.
Er ging in die Küche, schaltete den Kassettenrecorder ein, hörte das Lied und spürte Hunger in sich aufsteigen.

Später, mit einem Glas Wein auf der Terrasse, umwehte ihn ihr Geruch. Er schloss die Augen und erinnerte sich. Der Fisch, das bist du.
Er presste die Augen stärker zusammen, und dann spürte er das Kreuz.

Nur ein Kuss

Ich habe eigenartig geträumt. Wir waren eine große Gruppe und gingen zusammen essen. Meine Freundin war auch irgendwo dabei. Ich habe sie aber gar nicht gesehen. Es waren, glaub ich, eher Freunde von Wolfgang. Manche kannte ich gar nicht. In dem italienischen Restaurant setzte ich mich in die Nähe des Eingangs ans Fenster. Wolfgangs Freundin setzte sich neben mich. Ich hatte schon die Serviette aufgefaltet und mir aufs rechte Bein gelegt. Ich mache das immer so. Schon bevor ich überhaupt was bestellt habe. Es ist einfach eine Angewohnheit. Ich könnte noch nicht mal sagen, dass mich die Servietten auf dem Tisch irgendwie stören. Ich falte sie auseinander. Ich habe noch nie eine Serviette an einem Eckzipfel genommen und sie mit einer kurzen Schlagbewegung sozusagen in der Luft aufgefächert. Nein, das würde mir nicht gefallen. Ich mag es auch bei anderen nicht. Ich falte die Serviette auseinander und lege sie mir auf das rechte Bein. Das ist merkwürdig, weil ich eigentlich Linksfüßler bin. Also ich meine, ich springe mit links, kicke einen Ball mit links, aber die Serviette, die liegt rechts. Auf meinem rechten Oberschenkel. Nicht über dem Hemd, nur über dem Oberschenkel. Dort liegt sie dann den ganzen Abend über, außer ich benutze sie kurz, um mir vorsichtig den Mund abzuwischen. Bevor ich zahle, lege ich die Serviette auf den Tisch, das heißt, ich werfe sie mehr auf den Tisch, ganz unzusammengefaltet. Ich möchte nicht, dass jemand auch nur auf die Idee käme, sie nochmals zu benutzen. Aber das führt mich jetzt ganz woanders hin.

Ich saß also neben Wolfgangs Freundin und hatte die Serviette schon auf dem Bein. Ich freute mich und war – glaub ich – aufgeregt. Wolfgangs Freundin ist interessant. Sie wirkt sonst immer kühl auf mich und ich hatte mich noch nie alleine mit ihr unterhalten. Jetzt saß sie neben mir und ich wusste nicht, ob es Zufall war oder – nun, ich wusste es nicht. Sie hat sehr dunkle Augen. Ich glaube, sie kommt eigentlich aus Rumänien. Vielleicht wirken ihre Worte deswegen auch immer etwas gesetzt, spröde. Also, sie sitzt neben mir, wir sind alle sehr gut gekleidet, sie trägt ein schwarzes Kleid, hoch geschlossen fast ohne Ausschnitt. Alte Mode. Ich habe sie oft auf diese – na, sagen wir zeitlose Art – gekleidet gesehen. Ganz passend, wie ich finde, auch zu ihren Haaren. Ich lege meine Serviette zurecht, während sie sich setzt und sie reicht mir ihre Hand, die ich nie drücken kann. Es ist mehr, als sänke ihr Arm in meine Hand und wollte sich dort ausruhen. Ich halte also ihre Hand. „Hallo Stephan!" Sie lächelt nicht, aber ich sehe es doch, dass sich ihr Gesicht kurz entspannt. Ich erhebe mich ein wenig und sie beugt sich zu mir herab. „Grüß dich Andrea." Ich küsse sie auf beide Wangen und sie hält ganz still. Wie immer spüre ich ihre Lippen nicht. Sie setzt sich und ich rücke meine Serviette ein wenig zurecht. Ich sehe Wolfgang gar nicht. Ein Ober in Weiß kommt an den langen Tisch, an dem jetzt schon alle sitzen. Wir sind bestimmt zwölf oder auch mehr. Der Ober teilt die Karten aus und als ich eine entgegennehmen will, werde ich von hinten angetippt.

„Entschuldigung, aber auf dem Platz bin ich schon gesessen." Ich wende mich um. Andrea auch. Unsere Blicke streifen sich in der Bewegung. Ich kenn den Typen nicht. Er hat seine Hände auf meiner Stuhllehne und beugt sich etwas zu mir herab. Er wartet und es dauert einen Moment bis ich verstehe, dass er da sitzen will, wo ich jetzt sitze. „Ja, also, das habe ich nicht gesehen." Ich schaue zu Andrea. Sie hat den Kopf immer noch nach hinten gedreht, sieht aber zu Boden. Der Typ hat immer noch seine Finger auf meinem Stuhl und hebt die Augenbrauen. Er zuckt leicht in den Schultern. Ich mag solche Situationen nicht. Also, ich stehe auf, er lässt die Stuhllehne los und richtet sich ganz auf.

„Bitte", sage ich und deute auf den Stuhl. Ich sehe die Serviette am Boden liegen und als er schon im Begriff ist, sich zu setzen, tauche ich bei seinen Beinen hinunter und nehme die Serviette. Er schaut mich an und setzt sich dann langsam. Ich stehe da mit der Serviette und weiß auch nicht, was ich jetzt damit mache. Er dreht sich nochmals um und sein Blick ruht einen Moment auf der Serviette, bevor er sich den anderen am Tisch zuwendet und die Karte des Obers entgegennimmt. Ich blicke den Tisch entlang, aber da ist kein Platz mehr. Ich weiß nicht, warum ich die Serviette dabei zusammenfalte. Andrea steht auf, hakt sich bei mir ein und führt mich um den Tisch herum. Sie spricht mit dem Ober. Der Ober ist jung und sichtlich bemüht. Er wölbt die Lippen und sucht mit den Augen den Raum ab. Es ist ein großes Lokal und gänzlich voll. Ich spüre Andreas Arm und ihre Hand liegt auf meinem Handgelenk. Ganz leicht. Ich bin ein wenig nervös. Der Ober führt uns abseits hinter ein Klavier und deutet auf einen kleinen Tisch. Andrea lässt meinen Arm los und setzt sich. Ich drehe mich um. Ich kann den Tisch der anderen von hier aus nicht sehen. „Prego!" Der Ober deutet nochmals auf den Tisch, verbeugt sich leicht und hält die Hand auf. Ich schaue in seine Hand und dann zu Andrea. Ich gebe ihm die Serviette und setze mich.

Sie zündet sich eine Zigarette an. „Ist das in Ordnung für dich?", fragt sie. „Ja, klar, warum nicht. Aber die anderen ...?"

Sie bläst den Rauch zur Seite. „Ach, ich hatte sowieso keine Lust auf die ganzen Leute." Ihre Stimme ist brüchig. Ich nicke und überlege, was ich jetzt sagen könnte. Der Ober kommt, reicht die Karten und legt uns Papierservietten auf den Tisch. Ich nehme die Serviette vom Tisch, falte sie auf und lege sie mir auf den Tisch. Dann muss ich lachen – Andrea lacht auch, ohne dass sie weiß, warum ich lache. Ich sehe ihre Zähne, der Mund wirkt breit und ich könnte sie jetzt küssen. Oder ihre Hand nehmen. Ich tue es nicht. Aber es bleibt. Ich meine, also ihre Augen ... Aber ich bin da nicht so sicher. Ich nehme diese Papierserviette – mein Gott, sie ist auch noch blau – und falte sie wieder zusammen. Wir

schauen uns an.
„Hast du Hunger?“, frage ich sie und senke meinen Blick in die Karte. Sie seufzt. „Nein, eigentlich nicht besonders.“
Der Ober kommt, wir bestellen beide nur Wein und ein Nudelgericht und der Ober nimmt mit einer angedeuteten Verbeugung die Karten wieder mit. Ich sehe mich um. Sie raucht und ich zünde mir auch eine Zigarette an. Dann, ich weiß nicht, es ist als wäre der Ton weg, ich sehe nur noch Bilder. Irgendwie von außen, halb hoch. Ich sehe uns da sitzen. Sie lächelt, spielt mit der Zigarette, ihre Schultern beugt sie immer wieder nach vorne, die Träger ihres schwarzen Kleides, die Weinkaraffe, die der Ober immer wieder erneuert. Mein Sakko hängt an der Stuhllehne. Mein weißes Hemd. Ich bin leicht nach vorne gebeugt. Die blaue Serviette auf dem Tisch. Es ist warm und unsere Gesichter sind erhitzt. Mein Gott, ihre Lippen sind so voll und eigentlich ... aber es ist schwer. So geht das lange.
Ich stehe auf und plötzlich ist der Ton wieder da. „Ich seh mal nach den anderen.“ Sie nickt und für einen Moment habe ich Sorge, ihr Mund könnte blutleer werden.
Als ich um das riesige Klavier in der Mitte des Raumes herumbiege, sind die Tische der anderen verwaist. Die Gläser und Teller, die Aschenbecher, Weinflaschen, alles steht noch herum und die Stühle wirken ruckartig verschoben. Servietten liegen auf dem Tisch und ich nehme diejenige, die an dem Platz lag, an dem ich zuerst saß. Sie ist schmutzig. Ich lasse sie auf den Boden fallen und ihr Flug wirkt schwer. Ich laufe auf die Straße und gegenüber auf der anderen Straßenseite der großen Kreuzung sehe ich die Freunde von Wolfgang. Ihn sehe ich nicht und auch wegen dem Verkehr nutzt es nichts, dass ich seinen Namen ein paar Mal brülle. Sie sind weg. Ich gehe hinein. Andrea zuckt nur mit den Schultern. Es scheint ihr egal zu sein. Wir trinken und rauchen. Das Lokal ist immer noch recht voll. Ich weiß nicht, was mich treibt, ans Klavier zu gehen und ein paar Tasten zu drücken. Hier

und da. Ich setze mich und suche verwundert die Pedale. Je mehr Tasten ich spiele, umso lauter wird der Ton. Ein Ober versucht mir zu bedeuten aufzuhören, aber das Klavier verselbstständigt sich. Die Tasten reagieren wie von alleine und meine Finger lösen vielstimmige Impulse aus. Es entsteht ein Rhythmus, Melodie und ich bin nur bemüht, irgendwie immer dasselbe zu machen. Ich kann überhaupt nicht Klavier spielen. Aber diese Maschine entwickelt sich an meinen Fingern und beginnt zu beben. Einige Gäste hören zu, andere sind aufgestanden und beginnen, sich langsam dem Rhythmus zu überlassen. Auch Andrea steht auf und beginnt zu tanzen. Ich lege meine Finger jetzt einfach irgendwo auf die Tasten, ich lange einfach hin und schaue dabei die ganze Zeit zu Andrea. Sie lacht. Sie lacht und in ihrem Tanzen ist eine Lebendigkeit, die mich schreien lässt. Die Leute werden jetzt richtig wild und laut, das Klavier drückt dem ganzen Lokal seinen Puls ins Blut und kein Kellner will das mehr stoppen. Ein Fest – mein Gott ein Fest. Schwarze Musik, Klatschen, rhythmisches Stampfen. Ich sehe Schweiß an einem Hals entlang laufen, durchsichtig werdende Blusen, Haare wie im Wind. Und Andreas Mund.
Irgendwann höre ich auf, mit den Tasten mitzuhalten. Alles geht von alleine. Die Musik, das Tanzen, die weißen Zähne, das Lachen, der Mund. Immer wieder ihr Mund. Und dann bin ich plötzlich alleine und alles ist vorüber.

Ich gehe zum Tisch und nehme die Papierserviette, ziehe mein Sakko an und gehe wie in Zeitlupe aus dem Lokal. Ich winke mit der Serviette obwohl niemand mehr im Raum ist. Auch Andrea nicht. Und doch winke ich ihr.

Draußen liegt Schnee. Die Kreuzung ist weg. Vor mir eine breite Allee mit mächtigen Eichen. Nur Landschaft und mondhelles Leuchten des Schnees. Ich gehe in der Mitte der Allee, die Bäume rauschen. Ich werfe die Serviette in die Luft und der Wind trägt sie nach oben. Scheißegal, ich werde sie mir nie mehr auf's Bein legen. Ich friere nicht. Ich bin nicht glücklich. Ich gehe. Und ich spüre ihren Mund auf meinem.

Als ich aufwachte, leckte ich mir vorsichtig über die Lippen, als könnte ich ihren Kuss dort schmecken.

Genauso wenig wie ich

Draußen schneit es. Vom Fenster meines Zimmers aus sehe ich den Schnee auf den Bäumen liegen. Ich sehe überhaupt nur Bäume und dazwischen den grauen Himmel. Ich liege im Bett und sehe hinaus und es sieht alles ganz gleich aus. Ich wünschte, ich könnte woanders hinausblicken. Man darf auch nicht rauchen hier.

Ich möchte Ihnen eine Geschichte erzählen, die ich vor gut fünfzehn Jahren erlebt habe, als ich auch in so einem Haus war. Auf Besuch. Es geht dabei um einen Schulfreund, mit dem ich früher immer in die Ferien fuhr. Ich war unterwegs, meine Eltern zu besuchen und kam durch diesen kleinen Ort im Süden der Stadt, in der ich damals lebte, als ich mich erinnerte, dass Heinz hier irgendwo lag. Ich weiß nicht mehr, wer es mir erzählt hatte.
Ich hatte Zeit. Also bog ich von der Landstraße in Richtung Wald zum Krankenhaus, parkte den Wagen, zündete mir noch eine Zigarette an und betrachtete das Gebäude. Das Krankenhaus sah aus wie eine ehemalige Kaserne. An der Rezeption fragte ich nach Heinz. Er lag im Block D. Das Zimmer habe ich vergessen. Es war ein heißer Tag, ich weiß nicht, warum ich mich gerade jetzt daran erinnere.
Block D war für die Lunge. Ich brauchte die Schwester nicht nach dem Zimmer zu fragen. Heinz war auf dem Gang und rief meinen Namen. Er rollte seinen Infusionsständer vor sich her. Er hatte einen ziemlich alten Jogginganzug an, Hausschlappen und war unrasiert. Ich brauchte eine halbe Minute, bis ich ihn erkannte.
„Hey, wie hat es dich denn hierher verschlagen?“ fragte er.
„Wie geht's?“ fragte ich.
„Och, das wird schon wieder. Ich hab `nen Schatten auf der Lunge. Das wollen die sich mal genauer ansehen.“ Er grinste, aber ich

wusste, dass das nicht alles war.
„Wie geht's Marie?" fragte ich.
Er wölbte die Unterlippe nach vorne. „Wir haben uns lange nicht gesehen, oder?"
Ich zog die Augenbrauen nach oben.
„Ja, das ist alles ziemlich blöd gelaufen, weißt du", sagte er. „Ich hab `ne Zeit lang richtig gut verdient, weißt du."
Ich sagte nichts.
Er sagte: „Tja, du weißt ja, wie das ist. Marie hat sich schnell daran gewöhnt und natürlich sollte es mehr werden. Ich war schon gut, aber ich hab den Druck nicht ausgehalten. Das hat mich einfach geschafft. Sie wollte ein eigenes Auto, die Kinder wollten dies und das und ich hab geklotzt. Dann das Haus und na ja, da hab ich ab und zu was getrunken, so zur Entspannung, verstehst du."
Er hatte immer viel geredet. Im Gang hustete jemand ziemlich heftig und ich sah mich um. Eine Krankenschwester führte einen Mann ohne Haare durch den Gang. Sie grinste zu uns her. Ich grinste zurück.
„Das ist die Chemo", sagte Heinz und nickte zu dem Mann hin. „Komm, lass uns ein Stückchen laufen."
Ich nickte und wir gingen den Gang entlang in die andere Richtung auf ein Fenster zu, das zum Wald hin lag. Heinz setzte sich auf das Fensterbrett. Er schwitzte.
„Heiß heute", sagte ich und lehnte mich an die Wand. Er schüttelte den Kopf.
Ich sah den Gang entlang. Ab und zu kam eine Schwester aus einem Zimmer und verschwand in einem anderen. Einige Patienten liefen mit ihren Tropfständern umher. Heinz hob die Schultern kurz und erzählte weiter. „Tja und so hat das angefangen. Es ist ja klar, was dann kommt, oder?"
Ich nickte, ohne zu verstehen. Verstehen Sie, ich wollte einfach Hallo sagen und wieder gehen. Ich sah den Gang entlang. Heinz

berührte mich am Arm. „Mann, Mann pass nur auf, ohne Job bist du so schnell am Arsch."
Ich sagte: „Heinz, es tut mir Leid. Ich weiß auch nicht, ob das jetzt gut ist, wenn du mir das alles so ..."
„Doch, doch. Ich erzähl 's dir." Aber dann sagte er nichts und ich wich seinem Blick aus.
„Und die Kinder?", fragte ich. Er sah mich an, als wäre ich nicht ganz bei Trost. Er hustete und hielt sich an dem Ständer fest.
„Keine Ahnung, ich meine, ich hab ihnen nie geschrieben. Ich konnt es einfach nicht, verstehst du. Bei Marie geht es ihnen bestimmt gut. Bestimmt, oder?" Er nickte vor sich hin. Ich nickte auch.
„Und sonst?", fragte ich und wusste nicht, was ich damit meinte.
„Sag mal, hast du eine Zigarette?" fragte er. Ich runzelte die Stirn.
„Na komm. Eine. Die filzen einen hier richtig. Eine am Tag auf dem Klo. Ich schaff ´s einfach nicht."
Ich gab ihm eine Zigarette und er steckte sie sich in die Hosentasche. „Viel ist mir eh nicht geblieben." Er lachte. „Obwohl, da wo ich gerade gewohnt habe, haben sie mir ein Zimmer gegeben, Gemeinschaftsdusche, und ich habe immer noch den Fernseher."
Er fuhr sich durch die Haare. Ich steckte die Hände in die Hosentaschen.
„Brauchst du Geld?" fragte ich. Er sah mich an und schüttelte langsam den Kopf, so als wäre ich der letzte Idiot.
„Ich weiß nur nicht, was ich jetzt mit dem Fernseher mache, verstehst du. Der ist noch in Ordnung. Ist noch der von damals. Wäre irgendwie schade. Hoffentlich klaut ihn mir keiner aus dem Zimmer. Hierher durfte ich ihn nicht mitnehmen. Aber irgendwie ... wär schön, wenn er weiterleben könnte, das alte Stück."
Ich wollte jetzt gehen. „Hör mal, wenn ich irgendwie ..."
Er klopfte mir auf die Schulter. „Bei dir alles prima wie immer?"

Ich lächelte und nickte. „Ja, alles prima. Aber Heinz, sei mir nicht böse, ich muss dann mal ..."
Er hustete und sagte nichts mehr.
„Ich bring dich noch zu deinem Zimmer, ja?"
Er nickte. Wir gingen langsam und der verdammte Ständer quietschte.
An der Tür hob er die Hand, presste die Lippen zusammen und nickte mit dem Kopf. Dann schloss er die Tür.

Auf dem Gang war niemand, aber gleich gegenüber war eine Sitzecke. Ein Mann saß dort und winkte mir. Ich ging zu ihm. Als ich auch ihm eine Zigarette gab, hörte ich Heinz husten. Man hörte es durch die Tür. Ich gab dem Mann noch eine Zigarette und er sah mich erstaunt an. Das Husten hörte nicht auf. Verstehen Sie? Es hörte nicht auf. Ich weiß nicht, wie lang er schon gehustet hatte, bis ich die Tür zu seinem Zimmer öffnete.
Er hing über dem Waschbecken und hustete. Das Waschbecken war voller Blut und mit jedem Husten spuckte er Blut. Das Blut war am Boden und auf dem Trainingsanzug. Es war überall. Ich lief zum Bett und drückte die Klingel. Ich lief zu Heinz. Es kam keine Schwester. Ich lief auf den Gang. An meinen Schuhen war Blut. Ich schrie.
Als zwei Schwestern und ein Arzt mit mir ins Zimmer zurückkamen, lag Heinz auf dem Boden und das Blut pulsierte aus seinem Mund. Sein Körper zuckte. Der Arzt schickte mich raus.

Ich wartete im Arztzimmer. Als der Arzt kam, stand ich auf. Der Arzt setzte sich an seinen Tisch und sah mich nicht an. Er blätterte einen großen weißen Bogen auf und strich ihn mehrmals quer durch.
„Sie waren verwandt mit ihm?" Er sah dabei nicht hoch. Ich schüttelte den Kopf. „Tja, Ader in der Lunge geplatzt, nichts zu machen. Hat sich ausgehustet – vorbei." Er rieb sich ein Auge

hinter der Brille und legte den Bogen zur Seite.

Auf dem Parkplatz im Auto rauchte ich eine Zigarette und dann noch eine.
Heinz Fernseher habe ich vergessen. Er hat ihn auch nicht mehr gebraucht.
Genauso wenig wie ich.

Delila

„Sag mal, warum machst du das eigentlich?"
Es war Samstag und er war wie so oft zum Frühstück geblieben. Sie saßen am Tisch, es roch nach Kaffee und aufgebackenen Brötchen und sie reichten sich Butter und Käse und sahen sich ab und zu dabei an. Er hatte sich den Mund mit der Serviette abgewischt, noch einen Schluck Kaffee genommen und sie dabei über die Tasse hinweg gemustert.
„Was mache ich?", fragte sie.
Sie hielt ihr Brötchen in der Hand und hörte auf zu kauen.
„Na, mit den Haaren, du weißt schon!"
Er rückte mit dem Stuhl etwas zurück und schlug die Beine übereinander. Er hielt den Kaffee mit beiden Händen umklammert über seinem Schoß.
Sie sah ihn fragend an.
„Mit meinen Haaren? Sind sie dir zu lang?"
„Nein, mit meinen Haaren." Er machte eine Pause. „Ich meine, wenn wir miteinander schlafen ..."
Sie zuckte mit den Schultern. „Magst du es nicht?"
Er stellte den Kaffee auf den Tisch ohne seine Augen von ihr abzuwenden, rückte noch ein wenig weiter weg mit dem Stuhl und verschränkte die Hände hinter dem Kopf.
„Warum! Ich möchte wissen, warum."
Sie legte das Brötchen auf den Teller, wischte sich mit der Serviette über den Mund, betrachtete die Honigspuren auf dem weißen Stoff und sah ihn dann an.
„Vielleicht einfach weil ich es mag. Reicht das?"
Er presste die Lippen aufeinander, atmete durch die Nase aus und verschränkte die Arme vor der Brust. Sein Oberkörper neigte sich leicht zum Tisch hin.
„Nein!"

Für einen Moment sahen sie sich schweigend in die Augen. Ihre Blicke sprangen dabei von einem Auge zum anderen.
Er räusperte sich und legte eine Hand auf ihre an der Tischkante gefaltet liegenden Hände.
„Es scheint ja sonst irgendwie nicht zu gehen. Ich würde das einfach gerne verstehen, verstehst du?", sagte er.
Sie zog ihre Hände zurück, aber er ließ seine ausgestreckte Hand am Tisch liegen.

Immer wenn sie mit ihm schlief, löste sie ihm das Haar. Er lag auf ihr, sie nahm den meist schwarzen Haargummi, mit dem er seine langen, blonden Locken nach hinten gebunden hatte, aus seinem Haar und seine Mähne fiel ihm seitwärts um den Hals und nach vorne ins Gesicht. Er sah dann nicht unbedingt männlicher oder erotischer aus, aber wilder und fremder und in diese Fremdheit fantasierte sie eine Kraft, die sie erregte.

„Ach komm", seufzte sie, „ich weiß es auch nicht so genau. Es ist dann irgendwie anders."
Er öffnete sein Haar und legte den Gummi auf den Tisch. „Und wenn ich die Haare immer offen tragen würde?"
Sie zog die Augenbrauen etwas nach oben. „Ich weiß nicht. Das wäre vielleicht ... vielleicht auch schön, aber nicht mehr so ..."
Sie zögerte.
„Wie? Wie wäre es nicht mehr?", wollte er wissen.
Sie sah auf den Gummi, nahm ihn in die Hand und drehte ihn zwischen Daumen und Zeigefinger.

Schon als kleines Mädchen hatte sie die biblische Geschichte des Mannes, dessen Kraft in seinen Haaren lag, immer wieder hören wollen. Der Vater hatte sie auf ihr Drängen wieder und wieder vorgelesen und als Mädchen war ihr, als zöge diese Kraft geheimnisvoll in ihr Bett und würde sie sicher und stark in den Schlaf begleiten und durch die Nacht tragen.

Sie sah ihn an und legte den Gummi wieder auf den Tisch. „Vielleicht … vielleicht wäre es nicht mehr so besonders."
Er nickte, zog seine Hand vom Tisch, lehnte sich auf dem Stuhl wieder zurück, strich sich die Haare nach hinten und hielt sie mit beiden Händen zusammen.
„Und wenn ich keine langen Haare, keine Locken hätte?", fragte er.
„Na, und wenn schon? Was soll das? Du hast Locken und es gefällt mir, dass du sie so lang trägst. Ich liebe deine Haare, und wie sie sind ist …" Er fiel ihr ins Wort. „Liebst du mich? Ich meine, auch ohne meine Haare?"
„Sag mal, spinnst du? Was willst du eigentlich? Das ist doch alles Quatsch, was du da redest! Ich weiß nicht, warum du auf einmal so aggressiv bist und irgendwas von mir wissen willst, was ich dir nicht sagen kann."
Sie war lauter geworden und ihre Hände lagen nicht mehr auf der Tischkante.
„Ich bin nicht aggressiv. Ich meine es ernst." Er rührte sich nicht und sah sie unverwandt an.
Sie stand auf. „Natürlich! Du meinst es ernst. Was denn? Willst du dir eine Glatze schneiden lassen?" Sie versuchte zu lachen, aber sein Gesicht ließ sie verstummen. Er zog sein Kinn leicht nach unten und seine Augen verengten sich fast unmerklich. Mit leiser Stimme sagte er: „Ich frage mich, ob du überhaupt einen Orgasmus haben kannst, wenn dein Lover kurze Haare hat oder gar keine!"
Sie sprang zu ihm hinüber und schlug ihm mit der flachen Hand ins Gesicht. „Hör auf!", schrie sie, „was fällt dir ein! Du spinnst wohl! Ich habe keinen Bock, mir so einen Schwachsinn weiter anzuhören." Sie stand schreiend vor ihm und ihre Augen röteten sich.

Er stand schwerfällig auf, zog sich die Jacke über, stand einen Moment in der Tür, wartete bis sie sich eine Zigarette angezündet hatte und sagte: „Ich komm besser erst heute Abend wieder vorbei.“ Dann spielte ein Lächeln um seine Lippen: „Ich liebe dich auch schreiend mit wilden Haaren im Morgenmantel rauchend. Die Frage ist nur …“ Sie schob ihn zur Tür raus. „Hau ab!“

Sie ging in die Küche und sah auf den Haargummi.

Sie lief durch die Stadt, blieb vor den Schaufenstern stehen und sah sich selbst in den Auslagen nur schemenhaft. In der Tiefe der Fenster bewegten sich Menschen, grau und fließend und dieses Fließen zog sie weiter. Ihr Handy klingelte, aber sie ging nicht ran. Sie betrat eine Drogerie, probierte verschiedene Düfte und entschied sich für den teuersten. In einem Schuhgeschäft schlüpfte sie in italienische Schuhe und behielt ein Paar, das ihr gefiel, gleich an. Wieder auf der Straße zündete sie sich eine Zigarette an, zog die Schultern leicht zurück und genoss den ein oder anderen männlichen Blick. Vor ihrem Beauty-Salon drückte sie die Zigarette mit den neuen Schuhen aus und betrat den Laden.
Während sie sich lange die Haare waschen ließ und ihr sanft eine Pflegespülung einmassiert wurde, hielt sie ihre linke Hand zur Maniküre und hatte die Augen geschlossen. Das Kreisen und Kneten im Haar, die vorsichtige Berührung und Pflege ihrer Nägel, die Geräuschkulisse an den Nebenstühlen, ließen sie in eine Trägheit hineindämmern, in der die Geräusche und Gerüche in ihren Ohren und ihrer Nase verebbten.
Manchmal, wenn der Vater beruflich unterwegs gewesen war, sie unter dem Vorwand, Angst zu haben und nicht schlafen zu können, zur Mutter ins Ehebett geschlüpft war, hatte sie sich schlafend gestellt, wenn der Vater mitten in der Nacht nach Hause gekommen war und sie dann mit beiden Händen hochgehoben und zu ihrem Bett getragen hatte. Sie hatte die Augen geschlossen

gelassen und sich den Vater mit bloßem Oberkörper und langen, wallenden Haaren vorgestellt und in dieser Vorstellung war ihr das Gesicht des Vaters verschwunden. Alles, was sie empfunden hatte, war Stärke und erregende Fremdheit. Am schönsten war es, wenn sie, noch bevor der Vater sie vorsichtig in ihr eigenes Bett gelegt hatte, wieder eingeschlafen war. Dann war ihr die Nacht hell und gespannt und das Erwachen erfüllt von einer Ahnung ihres Frauseins.

„Wie soll ich es schneiden?" Sie öffnete die Augen und sah sich im Spiegel. Die Maniküre hatte bereits zur anderen Hand gewechselt und sie sah den Coiffeur hinter ihr stehend mit Kamm und Schere ausgerüstet. Er hielt beides in Brusthöhe wie eine Bewaffnung und sah sie mit leicht schräg geneigtem Kopf im Spiegel an. Sie sah ihre nassen, langen Haare dunkelgold glänzend in geraden Strömen auf das Handtuch um ihre Schultern fallen.
„Die Spitzen, wie immer."
Der Coiffeur deutete eine Verneigung an und begann zu schneiden. Ohne seine Konzentration zu verlieren, betrachtete er sie dabei immer wieder kurz im Spiegel.
„Madame wollen besonders schön sein heute?"
Sie hob die Brauen und er lächelte. „Ein neuer Duft und neue Schuhe." Er hob die Stimme wie zur Frage, aber fragte nicht.
Sie nickte.
„Vielleicht lassen sich Madame noch schminken? Der Monsieur wird begeistert sein." Sie winkte mit der freien Hand ab und schloss die Augen wieder.

Sie sah den Vater über sich gebeugt. Er küsste ihre Stirn, ihre Wangen rechts und links, ihre Augen, ihren Mund und flüsterte: „Meine kleine, meine kleine Delila, meine kleine Delila." Dann die Wärme seines Körpers unter der Bettdecke, seine Haare ganz nah an ihrem Gesicht und die Kraft seiner großen Hände ...

Tief in ihr kämpfte die Angst mit dem Schmerz um ein weiteres Bild der Erinnerung und wie immer gewann die Angst.

„Gut so?" Der Coiffeur hielt ihr den Spiegel hinter den Kopf. Rechts und links.
„Nein", sagte sie und ihre Stimme krächzte, sodass sie sich räuspern musste. Ihre Wangen waren fahl, die Augen wirkten zurückgesetzt und sie hatte einen merkwürdigen Geschmack im Mund. Der Coiffeur stand mit hochgezogenen Augenbrauen und offenem Mund. „Madame?"

Als sie mit zittrigen Händen die Wohnungstür öffnete, brannte Licht. Er war zurück. Er saß mit dem Rücken zu ihr am Küchentisch und rauchte. Und noch während sie schweigend auf ihn zuging wusste sie, dass es nicht die Liebe dieses Mannes war, nicht die Kraft ihres Vaters, sondern ihre eigenen Bilder, deren sie sich beim Friseur so radikal zu entledigen gehofft hatte. Zu spüren, wie vergeblich diese Hoffnung war, trieb ihr die Tränen in die Augen.
Sie war nackt geschoren und stellte die Plastiktüte, gefüllt mit ihren Haaren, vor ihm auf den Tisch, genau auf den schwarzen Haargummi.

Stichwort

Der Barmann füllte ein Bierglas, schnitt die Zitrone und wusch mit schneller Bewegung irgendwelche Reste vom Tisch.
„Zum Wohle!" Er stellte das Bier direkt vor ihr auf den Bierdeckel und war mit Augen und Händen schon wieder mit anderen Dingen beschäftigt.
Sie saß an der Bar.
Sie nahm das Bier in beide Hände und sah sich um. Donnerstag Abend. Die halbe Stadt klammerte sich jeden Donnerstag an ein Bier.

„Wissen Sie, inzwischen bin ich natürlich schon etwas gereift ..."
Der Mann neben ihr sprach nicht weiter. Er folgte ihrem schweifenden Blick durch den Raum als wollte er ihn damit weiter auf sich konzentrieren.
Sie sah ihn an.
„Und?" Sie hob ihr Glas, ohne ihm zuzuprosten, und nahm einen großen Schluck, ohne dabei den Augenkontakt aufzugeben.
Er schwenkte seinen Martini, nahm einen winzigen Schluck, als wollte er damit eine Art Gleichklang, eine Übereinstimmung herbeiführen.
„Was meinen Sie?" Er kniff seine Augen dabei fast unmerklich ein wenig zusammen.
„Ich meine, was ist das Ergebnis Ihrer R e i f e?", fragte sie lächelnd.
„Ach so", lachte er und sah weg.
„Ich lasse mir einfach Zeit. Wissen Sie, für alles gibt es irgendwie ein Stichwort, wie auf der Bühne. Ich warte einfach bis mein Einsatz kommt. Ich mache mich nicht mehr verrückt und spinne mir alle möglichen Dinge aus, um irgendwie auf die Bühne zu

kommen. Das Leben ruft einen ... wissen Sie."
„Ich habe Sie nicht gerufen, sich neben mich zu setzen!"
„Sicher?"
Der Mann blieb hartnäckig. Er schien nicht unsicher zu werden. Sie musste lachen. „Nein, entschuldigen Sie."

Der Kellner vor ihr putzte jetzt ein Glas, kniff dabei ein Auge zu und hielt das Glas weit weg mit ausgestreckter Hand, als wollte er mit dem offenen Auge auf sie zielen. Sie kniff auch ein Auge zu. Der Kellner würde ihr besser gefallen. Aber der war schwul.

„Leben Sie allein?" Sie versuchte ungezwungen zu bleiben bei ihrer Frage und sah ihn dabei nicht an.
„Ja, ja, jetzt schon. Die Scheidung ist zwei Jahre her."
Er trank seinen Martini aus, hielt ihn hoch und der Kellner verstand sofort.
„Kinder?"
„Nein." Er beugte sich nach vorne, um den Martini entgegen zu nehmen und drehte ihr dabei fast den Rücken zu. Sie musterte seinen Po. Schwarze Hose, schwarze Schuhe, ein lockerer, dünner, schwarzer Rollkragenpullover, die Uhr nicht zu aufdringlich, gepflegter, sehr kurz geschnittener Bart und etwas verzauste, dunkle Haare, die nur an den Schläfen schon deutlich grau wurden. Nicht so sportlich, die Schultern hingen zu sehr, aber kein Bauchansatz. Trotz der leichten Bräune im Gesicht des Mannes schätzte sie ihn über vierzig.

Er wandte sich ihr wieder zu. „Und Sie?"
„Wie bitte?"
„Ich meine, Kinder und das alles."
Sie schüttelte den Kopf und sah ihm dann voll ins Gesicht. Er hielt ihren Augen stand und seine dunklen Brauen, das ruhige Licht in seinen Pupillen gaben keine Anzeichen, diesen Blick

aufzugeben.
Ihr wurde warm. Sie trank einen Schluck und sah ihn doch dabei an. Verdammt, er hielt es aus, er sah s i e wirklich an.
„Und jetzt?"
Ihre Frage war dumm und unnötig und doch spürte sie mit dieser Dummheit wieder das Lokal, das Rauschen der Gespräche.
„Wie …?"
„Vergessen Sie's. Erzählen Sie mir halt irgendwas, so wie vorhin, meinetwegen auch von sich, ich meine, Sie brauchen mich nicht so anzusehen – das ist doch alles albern, ach was soll's."
Sie versuchte mit einer Handbewegung und dem Aufrichten des Körpers irgend etwas zu verscheuchen. Es gelang ihr nicht.
Er lächelte und legte seine Hand auf ihre. Sie ließ das Bierglas nicht los. Seine Hand war schön. Die Finger sahen vorsichtig und empfindsam aus.
„Was wollen Sie denn wissen?"
Er nippte wieder an seinem Martini, sah sie herausfordernd an, schüttelte sich dann mit der freien Hand eine Lucky aus der Packung und hielt ihr die Packung hin. Sie verneinte, er zündete sich die Zigarette an und nahm einen sehr tiefen ersten Zug. Sie spürte seine Hand und sah über den Tresen.

Der Kellner vor ihr putzte sich vor jedem Zug an der Zigarette die Hände an der weißen Schürze, als würde er beim Rauchen die Finger in den Mund stecken.

Seit Wochen war sie unterwegs in Cafés, Bars, Kneipen. Mal alleine, mal mit ihrer besten Freundin. Sie saß dann da, rauchend, redend, lachend und wartete verbissen darauf, dass irgendein Mann sie ansprechen würde. Hungrig leckte sie schon an jedem vorsichtigen Blick des anderen Geschlechts, doch es schien als würden ihre Augen keinen Eindruck ihrer Sehnsucht widerspiegeln. Die Männer wichen ihrem stummen Blick eher aus. Vielleicht rochen die Jäger das Blut des verletzten Tieres und hatten Angst vor dessen Unberechenbarkeit. Sie lauerte und wollte doch Beute werden. Nicht wirklich natürlich. Sie hatte jedes zögerliche Räuspern, einen Mut einatmenden Sprechansatz wie Balsam aufgesogen. Schon das war ihr Leben gewesen. Dem Rest hatte sie getrost die Schulter gezeigt.

„Wie haben Sie Ihre Frau gestreichelt?"
„Wie bitte?" Er verstand nicht.
„Ich meine, haben Sie ihre Hand ebenso gehalten wie meine jetzt, oder ganz anders?"
Der Mann zog an der Lucky, klopfte die Asche nicht ab, sondern drehte die Zigarette im Aschenbecher sehr vorsichtig.
Sie machte eine ausholende Bewegung mit dem Arm. „Wissen Sie, ich hab in so einer Kneipe mal ein Pärchen gesehen und die Handbewegungen des Mannes, seine streichelnden Finger am Hals der Frau, dann im Haar, der Wange, alles erinnerte mich. Ich erkannte jede dieser Bewegungen, wenn Sie verstehen, was ich meine. Aber es war nicht der Mann, der ... Es war irgendein Mann und das war so entwürdigend, so sinnlos."
Die Augen des Mannes wurden kleiner und der Lichtpunkt schien zu flackern. Sie redete trotzdem weiter.
„Wissen Sie, es war einfach so, dass ich dachte, dass der Gegenstand des Streichelns für die Ausführung des Streichelns, die Art und Weise der Bewegungen unwesentlich ist, verstehen Sie mich?"
Er nickte schwerfällig, aber sie sah gar nicht hin.
Auf der blanken Chromplatte hinter dem Tresen lag ein Flaschenöffner. Er kam ihr wartend vor und voller Geduld mit dem Wissen um seinen Einsatz - irgendwann.

„Ach Scheiße, ein Mann hat eben seine Art zu streicheln."
Sie redete jetzt lauter.

„Rücksicht auf die Besonderheit eines Menschen nimmt diese Art nicht. Sie wiederholt sich in bewährten, gelernten Mustern. Mit denselben Gesten, demselben Blick, der leichten Schieflage des Kopfes und einem weichen Lächeln, das ihn in der Unaufdringlichkeit des Lächelns fast schön erscheinen lässt, ja dass dieser Mann mit denselben Handbewegungen, die einmal jener Frau zukamen, eine andere Frau umwirbt, liebt und verwöhnt, das ist doch … wie nennen Sie das? Seine Hand meinte nicht die Frau, verstehen Sie?
Ich meine, es wäre doch viel einfacher, wenn einer neuen Liebe auch eine neue Gestik, ein neuer Blick entsprechen würde, finden Sie nicht? Diese Gleichheit macht einen doch ganz hilflos, beliebig, billig. Gehen wir einfach Ficken oder gibt es eine Bewegung, die nur mir gilt?"

Der Barmann gab ihm das Wechselgeld und sah sie fragend an. Sie schüttelte den Kopf und hielt ihr Bier. Eine Hand fühlte sich kälter an.

Dann hielt sie sich mitten in dem überfüllten Lokal die Ohren zu, lauschte dem Summen, den Bewegungen der Münder im Geräusch, suchte noch den Mund zu einer, dem Klangkörper entweichenden besonders hohen oder tiefen Note, schloss dann wie erschöpft die Augen und versuchte, sich diesem Summen anzuschließen. Sie saß im Lokal, hielt sich die Ohren zu, summte und war mit ihrem Summen inmitten aller Gespräche.
Sie hatte es verpasst.

Der alte Spiegel

Sie sah aus dem Balkonfenster.
Diese Stunden allein in der Wohnung. Zäh wälzte sie ihren Blick von Zimmer zu Zimmer, musterte lange und vergeblich die Teller am Tisch, mied den alten Spiegel und setzte sich dann wie nach aussichtsloser, erschöpfender Suche faul auf den Küchenstuhl mit dem Blick zum Balkon. Sie hatte keine Eile. Im Gegenteil. Sie kostete dieses Gewicht, ihre eigene Schwere bis zum Erdrücken aus.

Es klingelte.
Sie ging zur Tür und sah dabei in den alten Spiegel.
„Komm rein."
„Stör ich?"
Sie ging nicht auf seine Frage ein. Er sah irgendwie falsch aus. Das Leuchten seiner Augen passte nicht. Zu was?
Sie schritt langsam den Flur entlang und setzte sich in der Küche wieder auf den Stuhl mit dem Blick zum Balkon.
„Willst du was trinken?" Ohne den Arm zu heben, deutete sie mit einer Geste ihrer rechten Hand auf den Kühlschrank, als wüsste er dessen Platz nicht. Er stand in der Küche, folgte mit dem Kopf ihrer Bewegung und sah zum Kühlschrank. Dann sah er sich um. Er hatte die Hände in den Hosentaschen.
„Nein, weißt du, am liebsten würde ich, also wenn du nichts dagegen hast ..."
Sie wiederholte ihre Geste. Er sah sie nicht an.
„Nur zu", sagte sie.
„So wie wir besprochen haben, ja?"
Seine Kleidung wirkte absichtsvoll schlampig.
Sie nickte.
Er ging auf den alten Spiegel im Gang zu und berührte ihn zärt-

lich an seinem Rahmenmuster. Der Spiegel war schwer und groß wie er selbst.
„Das wird dauern", sagte er mit dem Blick dem Spiegel zugewandt, als würde er ihn zum ersten Mal sehen.
„Ja", sagte sie und wunderte sich über ihre Stimme. Sie klang fester.
„Willst du wirklich dabei hier bleiben?" fragte er und kam in die Küche zurück.
Sie sah hartnäckig aus dem Balkonfenster. Er wirkte unsicher.
„Also ich an deiner Stelle ..."
„Verdammt, du bist aber nicht an meiner Stelle!" Sie sah ihn jetzt direkt an. Was wollte er nur? Warum konnte er nie einfach nur still sein. Einfach still. Herrgott!
„Ich mein ja nur – ich würde das nicht wollen, so zusehen."
„Warum hast du niemand mitgebracht? Wie willst du das überhaupt hinuntertragen? Soll ich dir vielleicht noch beim Raustragen helfen?"
Er lächelte dieses Lächeln, das sie so sehr an ihm reizte. Überlegen und stolz darauf, in einem anderen Menschen Reaktionen hervorzurufen.
„Ich dachte, du würdest vielleicht irgendwie wegfahren, bis wir fertig sind."
„Wir?"
„Ja", sagte er, „Eve wartet unten im Wagen. Sie wollte nicht gleich mit heraufkommen. Verstehst du?"
Sie verstand. Er hatte sie mitgebracht. Sie saß unten im Wagen und wartete.
„Macht es dir etwas aus, wenn sie hochkommt?"
Sie sagte „Bitte!", und wusste selbst nicht, was sie damit meinte.

Wenig später saß sie immer noch in der Küche. Aus den anderen Räumen hörte sie Eve und ihn die wenigen noch nicht nach und nach von ihm mitgenommenen Kartons einpacken und Möbel

rücken, die dann vor der Tür im Hausflur aufgetürmt wurden. Manchmal bildete sie sich ein, unterdrücktes Lachen zu hören.
„Und was ist mit dem Spiegel, hier?, rief Eve ihm zu.
„Der bleibt hier“, gab er zurück. Eve zuckte mit den Schultern und dann waren sie irgendwann fertig. Sie kamen zusammen in die nun fast leere Küche.
„Also, wir sind dann soweit.“ Er wartete.
Sie entgegnete ihm nichts.
„Und du kommst klar, so ohne was …?“
Sie nickte. Sie saß auf dem Stuhl und sah die beiden an.
„Auf Wiedersehen“, sagte sie.
Eve wollte ihr noch die Hand geben, aber es ging nicht.
Sie gingen.
Sie saß alleine auf dem Stuhl in der fast leeren Wohnung.

Später am Abend stand sie auf, zog ihr rotes Kleid an, schminkte sich, trug die hübschen Schuhe, stand dann vor dem Spiegel, hob vorsichtig die Hand, fast schüchtern, als zögerte sie, jemandem zu winken, machte ein Gesicht und sagte dann plötzlich „Ja.“ Sie erschrak vor ihrer eigenen, hallenden Stimme, setzte sich auf den Boden, strich das Kleid dabei glatt und blickte zur Zimmerdecke, solange bis sie die Unterschiede im Weiß für Farben hielt.
Sie schloss die Augen und flüsterte: „Nein.“ Sie erhob sich, schrieb mit rotem Lippenstift das Nein auf den Spiegel, löschte das Licht und saß lange im Dunkeln im schönen Kleid und mit Schuhen, so aufrecht wie im Theater.
Später zündete sie sich eine Zigarette an und freute sich über das schmale Licht im Dunkeln.

Kleine Tiere in Höhlen

„Zieh dich aus!"

Der Junge drehte sich zu dem großen Wandspiegel und zögerte. Er spürte den Blick des Alten im Rücken. Der Alte hustete wieder und spuckte den Schleim irgendwohin. Der Junge sah im Spiegel seine eigene, dünne Gestalt und im Hintergrund den Alten in seinem Stuhl sitzen. Er sah die Nasenschläuche und das matte Licht auf der Haut des Alten.

Der Alte spitzte den Mund und wischte sich mit einem Taschentuch darüber.

„Na komm, was ist?"

Die Stimme des Alten klang gepresst, als hielte er ein weiteres Husten zurück.

Der Junge sah im Spiegel an sich selbst herab. Seine Augen kamen ihm höhlenartig nach innen erweitert vor, als läge dahinter etwas Schlafendes, etwas das man nicht wecken dürfe. Er zog an dem Joint und ließ den Rauch ganz langsam ausströmen. Im Spiegel trieb der Rauch auf ihn zu und legte sich um seinen Hals. Seine Halsschlagadern erschienen ihm wie Schnüre, an denen sein Oberkörper hing. Das Netzshirt gab ihm nicht gerade ein muskulöses Aussehen und die Bänder an den Armgelenken wirkten alt und verschlissen. Als er die Jeans gekauft hatte, betonte sie eng anliegend sein Geschlecht und seinen etwas zu hoch sitzenden Po. Damals war er stolz gewesen. Jetzt war die Hose speckig und ohne den Gürtel hätte er sie verloren. Er war barfuß. Er zog erneut an dem Joint und sah sich in die Augen. Kleine Tiere in Höhlen, unruhige Häschen, dachte er.

„Komm her!", rief der Alte und der Junge sah in den Augenwinkeln, wie der Alte sich an den Schritt fasste.

Draußen war es kalt gewesen. Es war Ende Februar, der Schnee war weg, aber der Wind blies eisig und zwang alles in eine Verharrung, eine Kälte, die einem bei offenen Augen kleine Tränen zu den Schläfen drückte. Er hätte nicht draußen bleiben können, sich nicht irgendwo hinstellen und auf einen Kontakt warten können. Also blieb er zu Hause. Zu Hause – was war das? Es war dieser Ort, an dem man morgens aufwachte, wenn man die Nacht über keinen Freier gehabt hatte. Der Ort, an dem man aufs Klo ging, vorangegangene Nächte wieder hervorkotzte und sich besoff oder bedröhnte, laute Musik hörte, sich die Schamhaare rasierte und wunde Stellen mit Creme versorgte. Zu Hause gab es keinen Spiegel mehr. Er hatte ihn eines Morgens mit der Faust zerschlagen und dann seine blutige Hand betrachtet. Er hatte sich das Blut von der Hand geleckt und dabei gelacht.

Der Junge drehte sich um.
Der Alte hatte ihn angerufen. Er hatte ihn gebeten zu kommen. Er hatte gesagt, es ginge ihm nicht gut. Der Alte war fast siebzig, hing an einem Beatmungsgerät mit zwei Schläuchen in die Nase und konnte sich selbst kaum mehr versorgen. Nachbarn halfen und kümmerten sich um ihn. Nur nicht um das, wofür der Junge da war. Der Alte war positiv und der Junge war nicht der einzige Junge. Er wusste das. Der Alte zahlte gut und die Wohnung war warm und in Ordnung. Sie kannten sich schon länger. Zwei, dreimal im Monat war der Junge bei ihm. Immer nur für eine Nacht. Diesmal war er schon seit drei Nächten da. Drei Nächte.
„Zieh dich aus – komm, lass mich deinen Arsch sehen!“
Der Junge zog an dem Joint. Sein Gesicht wirkte dabei noch schmaler. Er hatte den Alten am Abend oral befriedigt. Jetzt war es Nacht. Der Junge wusste nicht, wie spät genau. Er sah das Gesicht des Alten und sah dessen Augen wie angelaufene Schaufenster, hinter denen fleischige Münder sich grotesk verformten und sich von innen an die Scheibe pressten.
Der Junge zog sich das Netzshirt aus, öffnete den Gürtel und ließ

die Hose herunter. Er schlüpfte auch aus dem Slip und ging auf den Alten zu.
„Dreh dich um!“, befahl der Alte. Der Junge gehorchte.
„Knie dich hin!“ Der Junge ging auf die Knie.
„Ja, beug dich vor; lass mich deinen Hintern sehen.“
Der Junge beugte sich vor und sah in den Spiegel. Er sah sich auf dem Boden knien und hinter ihm den Alten im Stuhl masturbieren. Der Junge spürte wie sein eigener Atem schneller ging. Er hörte das Beatmungsgerät und sah sich selbst unverwandt in die Augen.

Er erinnerte sich an einen Tag, an dem er auf einer Parkbank saß. Es war Sommer gewesen und er hatte nach einer durchlittenen Nacht so lange in die Sonne gesehen, bis ihm die Augen schmerzten. Er zögerte den Punkt hinaus, wollte alles aus sich hinausbrennen lassen, aber dann zwang ihn der Schmerz, die Augen zu schließen. Er erinnerte sich an das innere Leuchten und Farbenspiel und das langsame Schwächerwerden der Farben bis ins Schwarz zurück und wie er auf einmal keine Lust mehr gehabt hatte, die Augen zu öffnen. Am liebsten wäre er weggesackt in dieses Schwarz. Lange war er so sitzen geblieben und dann plötzlich über die Regelmäßigkeit des eigenen Atems erschrocken. Wie, wenn man den auch so schließen könnte wie die Augen? Er hatte die Luft so lange wie möglich angehalten und schließlich ganz tief geatmet, wie zum ersten Mal nach langer Zeit. Ganz von alleine waren ihm dabei auch die Augen aufgegangen.

Er spürte die Hände des Alten. „Setz dich auf mich!“
Er begegnete den Augen des Alten im Spiegel. Er sah wieder das Fleischige hinter den milchigen Scheiben. Es waren Tiere, ja, kleine Nager, wolfszahnig und katzengleich drängten sie sich von innen an die Augen des Alten. Unruhig liefen sie hin und her und ließen dem Alten die Augen flackern. Das Milchige war ihr

aufgeregter Atem. Sie wollten heraus; sie wollten Fleisch, nacktes Fleisch.
Der Junge schrie und schnellte empor. Er hielt den Schrei und stürzte sich auf den Alten. Er riss ihm den Schlauch des Atemgerätes weg, umfasste das Gesicht des Alten mit beiden Händen und presste die Daumen auf die Augen des Alten. Er drückte so fest er konnte. Der Alte schrie nun ebenfalls und seine Erektion verschwand. Die Anstrengung ließ dem Jungen die Halsschlagadern hervorquellen. Ohne im Druck nachzulassen, bog er die Daumen nach innen und quetschte dem Alten die Augen heraus. Der Junge schleuderte sie von sich und ließ dabei den Alten los. Er sah auf seine Hände, sah das Blut, drehte sich, torkelte und begegnete seinem eigenen Blick im Spiegel, als er das Blut gerade ablecken wollte.
Er sah sich in die Augen. Er sah die panische Unruhe, das Flackern, das Milchige, die Tiere und schrie ein weiteres Mal. Er hämmerte mit den Fäusten auf den Spiegel ein, zerschlug das Glas, stürzte auf den Balkon und sprang hinunter.
Er blutete. Er hatte sich etwas gebrochen, aber es gelang ihm aufzustehen und dann rannte er los. Er war nackt.
Er hatte die Augen geschlossen und sein rasender Atem änderte daran gar nichts.

Das rote Kleid

Die Boote dümpelten träge und müde im Abendlicht und der leicht aufkommende Wind spielte mit ihrem Kleid.
Die letzten Sonnenstrahlen, die sich in die Bucht hineinschmiegten, ließen ihr langes Kleid in seinem kräftigen Rot hier und da aufleuchten. Sie hatte ihre Lippen passend zum Kleid geschminkt, die kurzen Haare extra wild gelassen und die Bräune ihrer Arme und Schenkel ließen das Rot des Kleides noch weiblicher erscheinen.
Sie war auf die Hafenbrüstung gestiegen – der hochgeschnittene Schlitz des Kleides ließ das leicht zu – hatte die schwarzen Sandalen ausgezogen und hielt den Kopf erhoben ins Licht. Das Meer verschäumte zunehmend seine Farbe und die hinausflutende Abendströmung beruhigte das Rauschen der Brandung an den wie geschnitten wirkenden Klippen zum Hang hin.
Es war bereits neun Uhr und sie hatte einen Tisch reserviert mit Blick zum Meer. Sie steckte die Sonnenbrille ins Haar, seufzte, streckte sich und sah dabei wie eine Katze aus, die sich gemächlich zu einem abendlichen Streifzug aufmacht. Sie verspürte noch keinen Hunger, wusste aber, dass sie immer erst beim Essen Appetit bekam und so stand sie auf, zündete sich eine Zigarette an, wobei sie das Feuerzeug absichtlich mehrmals klicken ließ, und brach auf.

Der Mond war noch nicht über dem Hang aufgegangen. Während sie an den auf einer Rampe hochgezogenen Fischerbooten vorbeiging, spürte sie ihre Weiblichkeit, die straffen Brüste, den aufrechten, festen Gang und das stolze Kinn. Das Rot verstärkte ihr Bewusstsein, eine Frau zu sein.
„Spür dich, spür dich“, hallte es bei jedem Schritt in ihr nach.

Sie wartete am Eingang des Lokals bis ihr ein Tisch zugewiesen wurde, bestellte auf Englisch sofort Wasser und Wein und zündete sich eine Zigarette an noch bevor sie die Menschen im Lokal musterte. Es war voll und langweilig.
Das Essen kam und nachdem sie die Zigarette auf dem Steinboden unter dem Tisch ausgetreten hatte, widmete sie sich den Penne al polpo.
„Scusi, Signora, è libero questo posto?“
Sie blickte hoch. Der junge Mann sah nicht italienisch aus und da sie dachte – sie sprach kein Italienisch – er wollte sich einfach einen Stuhl ausleihen, nickte sie.
Er setzte sich und bedankte sich seinerseits mit einem Nicken.
Sie aß langsamer und betrachtete ihn, während er die Karte studierte. Er bestellte auf Italienisch mit einem leichten, deutsch wirkenden Akzent und seine Stimme vibrierte in ihrem Bauch. Sie schob die Penne weg, steckte sich eine weitere Zigarette an und blickte umher. Ab und zu streifte sie seinen Blick. Er sah müde aus und hungrig. Das lockere, blaue Fischerhemd ließ seine behaarte Brust erkennen und um den Hals trug er ein Lederband, dessen Anhänger sie nicht sehen konnte. Die dunkelblaue Hose, die blaue Jacke, seine blauen Augen – alles wirkte entspannt und unaufgeregt. Die blonden, salzverfransten Locken hatte er zu einem Zopf zurückgebunden und sein Gesicht wirkte offen und verschlossen zugleich. Er mochte etwa vierunddreißig sein, also gut fünf Jahre jünger als sie.
„Signore, potrebbe portare un portacenere per la signora, per cortesia?“
Sie verstand nicht, nur ihr Bauch reagierte. Der Ober brachte ihr einen Aschenbecher und sie sagte: „Danke“, zu dem jungen Mann.
„Sie schenken mir dafür eine Zigarette, ja?“
Ihr rotes Kleid spannte und sie bot ihm die Schachtel Gauloises an. Er nahm eine Zigarette und gab sich selbst Feuer.

„Danke", sagte er mit dem ersten tiefen Ausatmen und sie versuchte, ihn anzulächeln. Er nickte und sie sagte: „Gern geschehen!"

Der Fisch war gut, aber sie kostete nur und hielt ihr Weinglas fest, während sie rauchte.
Er aß schweigend Muscheln und sah sie die ganze Zeit dabei nicht an.
Sie wartete.
Er bestellte sich eine Zitrone, eine frische Serviette und wischte sich damit bedächtig aber geübt die Finger. Dann seufzte er, lehnte sich zurück und trank einen großen Schluck Wein. Sie hielt die Gauloises bereit, befeuchtete ihre Lippen und zupfte an den Trägern ihres roten Kleides.
„Wollen Sie noch eine?" Sie bot ihm die Schachtel an und sein zögernder Blick ließ sie zittrig werden.
„Ja, danke." Er angelte sich eine Zigarette aus dem Päckchen, das sich deutlich geleert hatte, nahm jetzt auch ihr angebotenes Feuer an und inhalierte den ersten Zug in einer Tiefe, die die Frau an etwas erinnerte.
Der junge Mann sagte nichts mehr und sie sahen sich nur flüchtig ab und zu an.
Als er fertig geraucht hatte, wurde sie unruhiger.
„Wären Sie so nett, mir einen Café zu bestellen?" Ihre Lippen leuchteten und ihre Stimme klang zittrig warm.
Er sah sie an und sie wich seinem Blick gleich wieder aus.
„Sicher. Auch einen Nachtisch?"
„Können Sie ihn fragen, was es noch so gibt?" Sie spürte, dass sie nichts mehr essen konnte und bestellte auf sein Anraten doch eine lokale Spezialität.
Der Ober kam und ging und brachte Café und Nachtisch, ohne dass sie ein weiteres Wort gewechselt hätten. Sie trank den Café ohne Zucker und probierte einen Löffel des Nachtisches. Sie kau-

te sehr langsam und spürte seinen Blick.
„Schmeckt er Ihnen nicht?“
„Doch, doch. Wollen Sie probieren?“
Er trank keinen Café und winkte ab.
Sie schob den Nachtisch weg, versuchte sich innerlich aufzurichten und zündete sich eine Zigarette an.

Nach dem Zahlen hatte er sich höflich, aber kurz verabschiedet. Sie saß noch eine Weile und rauchte die Packung zu Ende. Sie zahlte, vergaß das Wechselgeld und ging in ihr Hotelzimmer.
Noch an der Tür zog sie die Schuhe aus, öffnete eine neue Packung roter Gauloises, zündete sich eine Zigarette an und legte sie in den Aschenbecher.
Im Bad vor dem Spiegel schminkte sie sich ab und sah sich dabei nicht wirklich ins Gesicht. Sie zog das rote Kleid aus und stopfte es in ihren Koffer.
Die Zigarette im Aschenbecher war bereits verglimmt.

Enge

Silvia saß am Tisch und aß ein Käsebrot. Ich sah sie an. Ich wusste nicht, was ich tun sollte. Also ging ich ins Bad.

Wir lebten damals noch in einem Vorort etwas abseits in einem dieser Hochhäuser. Es war ein Apartment. Küche, Bad, Gang und ein Zimmer. Vierundzwanzig Quadratmeter. Wir hatten einen Schreibtisch und noch einen normalen Tisch. Dann waren da noch zwei Matratzen, ein Spiegel und ein Regal.
Ich ging also ins Bad und stand einfach da. Das Bad hatte kein Fenster und die beiden Hähne für warmes und kaltes Wasser hatten wir mit einem Schlauch so verbunden, dass durch ein Loch in dem Schlauch das temperierte Wasser kam.

Ich stand vor dem Waschbecken, als Silvia die Tür öffnete. Sie kaute noch ihr Käsebrot.
„Was ist los? Was machst du?"
Sie kaute weiter. An ihrer Oberlippe war ein kleiner Buttertupfer.
„Nichts, nichts. Ich kann nur nicht immer im selben Raum ... ich meine ..."
Ich schob mich an ihr vorbei und ging ins Zimmer, setzte mich auf die Matratzen und spürte wie ich feuchte Hände bekam.
Wenn wir schliefen, zogen wir einfach die obere Matratze neben die andere. Das Zimmer war dann ganz voll.
Vor mir stand das Telefon, und als Silvia so dastand und mich ansah, wählte ich Marcels Nummer.
„Wen rufst du an?" Sie wischte sich mit dem Unterarm über den Mund und ich dachte an die Butter.
„Ich muss einfach noch mal ... ich treff mich noch mit Marcel, o.k.?" Sie nickte, ging in die Küche und ich hörte, wie das Brotmesser auf dem Holzbrett kratzte. Marcel nahm endlich ab.

„Hey, Marcel? Was ist so los? Hast du was vor heute? Gehen wir was trinken?"
Meine Stimme vibrierte und ich redete ungewöhnlich schnell. Marcel wollte mit Natalie, einer Freundin – ich hörte sie im Hintergrund lachen – auf ein Fest gehen.

Es war kalt. Silvester hatte es geschneit und seither waren die Tage eisig. Ich schloss den Mantelkragen so hoch ich konnte und zog mir die Mütze über die Ohren. Es hatte bestimmt unter minus zehn Grad. Die Oberleitung der Straßenbahn sprühte Funken.

Als Natalie mir aufmachte, lachte sie aus vollem Hals.
„Na, sind dir deine großen Ohren eingefroren?"
Ich nahm die Mütze ab und küsste sie. Sie roch schwer süßlich und dahinter schon nach Wein. Ihre Lippen waren ziemlich rot und sie hatte sich die Augen sehr auffällig schräg zu den Schläfen hin geschminkt. Ihre kurzen, schwarzen Haare glänzten.
„Magst du ein Glas Roten?"
Marcel war in den Gang gekommen.
„Das wärmt die Eier!" Marcel lachte.
Die beiden waren schon gut drauf. Sie riefen noch ein paar Leute an und wir leerten noch eine Flasche. Ich tanzte mit Natalie auf dem Sofa und spürte ihre Oberschenkel an meinen. Marcel zog sich meine Mütze über und schlüpfte in übergroße Lederhandschuhe.
„Los jetzt, sonst gehst du meinem Freund hier noch an die Nüsse, Schatz."
Natalie gluckste und lächelte mich an. Sie zog mich ganz nah zu sich hinunter, biss mir vorsichtig ins Ohr und flüsterte: „Wir tanzen später, ja?"
Ich grinste breit und dann gingen wir los. Verdammt, es war so kalt und ich atmete ein paar Mal wie nach der Sauna unter der kalten Dusche. Wir schlotterten und gingen rauchend zur

Straßenbahn. Es war nicht weit.

Das Fest war in einem etwas heruntergekommenen Jugendstilgebäude. Die Decken hatten locker vier Meter Höhe. Man konnte rundherum von Zimmer zu Zimmer laufen. Überall waren Leute. In der Küche gab es Baguette und Soßen und irgendein Fischzeug in einem riesigen Topf. Ich hatte keinen Hunger und ließ mich einfach so durch die Räume treiben. Hier und da kannte ich jemanden. Ich rauchte und hatte mir eine Flasche Wodka aus der Badewanne genommen. Er war schön kalt und ich trank ihn aus einem Glas in kleinen Schlückchen und spürte, wie er mir kühl die Kehle hinunter lief und ihm dann eine Welle vollkommener Wärme folgte. Es war umwerfend laut.
In dem größten Zimmer – die Wohnung hatte sicher hundertachtzig Quadratmeter – wurde getanzt. Das Licht war angenehm und irgendwann suchte ich Marcel. Natalie lief mir in die Arme. Sie hatte keine Jacke mehr an und ihr trägerloses Top, das Hals und Schultern betonte, ließ mich an ihr Flüstern denken. Ich umarmte sie mit der Wodkaflasche und dem Glas. Sie lachte und wir tanzten. Ich ließ den Wodka nicht los und drückte sie eng an mich. Sie wühlte sich in meine Haare, leckte mir über den Hals und bohrte ihre Zunge in mein Ohr. Ich küsste sie und spürte wie sich ihre Nippel an meiner Brust rieben. Meine Brust war so groß wie ein Haus. Ich meine, ich spürte meinen Körper und alles fiel so leicht von mir weg. Sie löste sich, kniff die Augen etwas zusammen, zündete sich eine Zigarette an, ließ sich von mir ein Glas Wodka einschenken, stürzte es hinunter und schrie mir ins Ohr:
„Hey, hey, wir wollen es mal nicht gleich so weit kommen lassen."
Ich grinste und wir tranken zusammen noch einen Wodka. Dann küsste ich sie noch mal und spürte die Schärfe des Wodkas auf ihrer Zunge. Meine Hände wanderten zu ihrem Po und wir

begannen wieder zu tanzen und küssten uns dabei. Ich spürte ihren Atem an meiner Brust und meine Erregung an ihrem Bauch. Sie drückte sich heftiger an mich und sah mich an.
„Können wir nicht irgendwo anders hingehen?"
Sie schloss die Lippen nicht und ich sah ihre untere Zahnreihe. Ich nickte und brüllte ihr ins Ohr, dass ich Marcel Bescheid sagen würde. Sie tanzte weiter und ich ging Marcel suchen. Er war auf dem Balkon mit einer Braut und ein paar anderen und sie froren und schlotterten vor sich hin. Die Braut hatte die Augen geschlossen und war an Marcel gelehnt. Ich sah ihn lächeln.
„Hey, Bruderherz, komm rüber", rief Marcel mir zu. Hier auf dem Balkon, wo man die Musik nur dumpf wummern hörte, wirkte seine Stimme sehr laut.
„Hey, Marcel, ich seh du bist schwer beschäftigt."
„Ach gar nicht – voll relaxt. Komm her, nimm auch einen Zug."
Ich nahm einen tiefen Zug und wollte sie ihm zurückgeben.
„Ne, ne, behalt sie nur – ich bau mir `ne neue. Rauch sie ruhig fertig."
Ich zitterte und blieb auf dem Balkon. Marcel war redselig.
„Du musst endlich mal weg aus diesem Loch, dieser Käseschachtel, verstehst du. Du musst hier her in die Stadt. So richtig groß. Ich mein, das ist doch alles ... Ach scheiß – dir geht's doch wie mir, Bruder, oder? Du treibst mitten auf dem Ozean, und wenn irgendwo Land in Sicht kommt, nimmst du `nen anderen Kurs. Isses nicht so?"
Wir rauchten und er redete immer weiter. Er baute noch etwas und dann gingen wir rein. Mir wurde etwas schwindelig. Ich dachte an Natalie und dann musste ich mir den Pullover ausziehen. Ich setzte mich auf eine Couch, und wusste nicht mehr wo ich den Wodka gelassen hatte und dann wusste ich, worum es hier eigentlich ging. Das war alles ein großes Spiel, eine Aufgabe. Wir sollten herausfinden, wie wir den Raum verlassen könnten. Aber irgendwie war das wohl schwer, keiner ging. Alle hingen

hier und dort herum und ich saß in einer Ecke und sah, wie sich die Personen und Dinge bewegten. Und dann wurde es so heiß. Unerträglich heiß. Ich schwitzte und die anderen schwitzten und alle zogen sich aus und es war die reinste Sauna. Gott sei Dank gab es irgendwie Handtücher bei all dem Schweiß und es war so heiß, dass es dampfte und alle waren nackt und sahen so fleischig, so fett und wobbelig aus. Ich meine, die Leute waren einfach viel zu alt und fett und der Schweiß troff aus diesen speckigen Körpern. Ich wollte die Augen schließen, mir war schlecht, aber ich konnte es nicht. Ich musste irgendwie sehen, was passiert. Ich muss hier raus, dachte ich. Aber ich hatte keine Ahnung wie. Ein fetter, alter Mann, dessen Haut schon so einen Altersschimmer hatte, wanderte mit seiner fleischigen Hand unter mein Handtuch und ich spürte diese schweißige Hand an meinem Penis und ich nahm seine Hand und stieß sie zurück. Ich schüttelte mich innerlich, fluchte und dann waren die alten Säcke Gott sei Dank weg und aus allen Zimmern tanzten Mädchen herein. Sie waren nur mit durchsichtigen Tüchern bekleidet. Ach was, sie schwebten und tanzten, und die Tücher waren mehr ein Spiel. Ich dachte an Filme aus früheren Zeiten, und die Mädchen waren so schön und winkten, und eine kam ganz nahe heran und streckte mir ihre Zunge entgegen. Sie hatte kurze, schwarze Haare, einen apfelroten Mund und Augen, die waren so aufregend zu den Schläfen hin geschminkt. Ich wollte aufstehen und sie an der Hand packen, aber es war so heiß, ich war so schwer und die Mädchen tanzten in andere Zimmer. Ich rieb mir über den Kopf und schaute herum, ob irgendwo eine Flasche Wasser oder Wodka in der Nähe stand. Aber dann kamen die Kinder. Lauter Kinder, nackt und klein. Sie tobten und lachten. Ich hielt mir die Ohren zu. Sie kamen auf mich zu und warfen überall kleine Plastiktütchen hin. An die Wände, die Scheiben und auf die Möbel. Sie warfen auch auf mich und sprangen immer näher und die Plastiktütchen waren voller Spermien. Es roch überall nach Samen. Ganz würzig

und ich spürte das leichte Kleben an meinem Gesicht, am Unterarm. Alles bewarfen sie und ich wurde so sauer. „Scheiße, hört auf mit der Scheiße, haut ab ihr Schweine", schrie ich und dann raffte ich mich auf und schlug mit meinem Handtuch nach den Kindern. Sie lachten mich aus und bewarfen mich weiter. Ich stand da, nackt und schwitzend, voller Spermien und schlug mit dem Handtuch um mich, als ich Natalies Stimme hörte.
„Bleib ganz ruhig, du, ich bring dich nach Hause, hörst du mich?"
Mir war schlecht und ich konnte Natalie nicht ansehen. Es war als flüchtete ihr Gesicht dauernd von meinen Augen oder meine Augen vor ihrem Gesicht.
„Oh verdammte Scheiße." Ich setzte mich auf. Die Wodkaflasche fiel auf den Boden und Natalie sagte: „Hey, nicht so schnell. Ich hole noch den Michi. Wir bringen dich heim."
„Wer ist der Michi?" stammelte ich und kippte wieder auf das Sofa. „Das ist jetzt egal. Meinst du, es geht, oder?"
„Ja, ja, bring du mich heim. Ich will keinen Michi."
Sie ging und dann beugte sie sich mit einem Mann über mich. Sie nahmen mich in die Mitte und brachten mich raus.

Es war so kalt, dass mir Tränen in die Augen traten. Die Straßenbahn fuhr endlos und bei jeder Haltestelle wollte ich raus. Michi und Natalie brachten mich heim. Sie schleppten mich in den vierten Stock hoch. Natalie nahm mir den Schlüssel aus der Hosentasche und sperrte vorsichtig auf. Keiner sagte ein Wort. Sie zogen mich im Bad aus. Es dämmerte als sie mich neben Silvia legten und zudeckten. Ich hörte noch die Tür ins Schloss fallen. Silvia drehte sich mit einem Stöhnen im Schlaf zu mir her und ich spürte ihren Atem in meinem Gesicht. Ich roch ihren Atem und versuchte herauszufinden, nach was sie roch. Es war nicht der Schlaf, es war nicht Käse. Es roch nach Samen.

Erreichbar

Es war 9.30 Uhr und sie stand am Terminal. Flughafen Köln. Ihr Flug nach München wurde gerade zum ersten Mal aufgerufen.
Er nahm den Hörer schon beim zweiten Klingeln ab.
„Ja?" Seine Stimme klang schwerfällig.
„Hallo." Sie kniff die Augen leicht zusammen und bemühte sich, seine Stimme zu deuten. Im Hintergrund hörte sie eine weitere Durchsage.
„Wo bist du?", fragte er.
„Es geht mir gut", sagte sie. Ihre Stimme zitterte.
„Fliegst du weg?" Er war jetzt sicher vom Schreibtisch aufgestanden und ging zum Fenster. Sie stellte sich vor, dass er einen Kondensstreifen sah, der den blauen Himmel durchzog.
„Nein!" Sie verzog den Mund, ohne wirklich zu lächeln. „Nein, es ist mir Ernst, hörst du?"
Er verstand nicht. „Aber du bist doch am Flughafen, oder?"
„Ich weiß, wo ich bin."
„Ahm, hör mal, kannst du mich vielleicht in einer Stunde noch mal anrufen, weil ich ...
„Deine Frau?" Ihre Stimme war jetzt ganz ruhig.
„Ja."
Sie konnte ihn atmen hören und spürte sein inneres Weggehen, seine Angst.
„Wie ist das Wetter in München?", fragte sie.
„Hey, es ist für mich auch schwer."
„Ja, ich weiß, entschuldige."
Im Hintergrund wurde ihr Flug ein zweites Mal aufgerufen.
„Ich ruf dich in zwei Stunden noch mal an, ja?"
„Wo bist du denn?" Er klang nervös oder aggressiv.
Sie zündete sich eine Zigarette an und musste das Handy dadurch in die rechte Hand nehmen. Sie hasste es, mit dem rechten Ohr

zu telefonieren – sie war dann irgendwie empfindlicher – aber ihre Zigarette hielt sie immer links. Sie nahm zwei tiefe Züge und konnte seine Anspannung spüren.
„Ich melde mich wieder!“ Ihre Stimme kam ihr selbst tonlos vor.
„Gut, wie du meinst, ich habe das Handy an, wenn du mich erreichen kannst. Ansonsten ...“
„Ja, bis dann.“
„Bis dann.“ Er hatte aufgelegt und seine Angst verhallte in ihrem Ohr.

Sie hatte es nicht ausgehalten. Diese ständigen Versuche, es sich zu erklären. Diese Sucht nach dem Rationalen! Alles begründen, erklären, rechtfertigen. Ab und zu ein Wochenende! Wie lange kann man davon leben? Sie hinkte durch die Tage wie eine Gelähmte, ging ohne Telefon nicht auf die Straße und hasste diese Krücke, wenn sie schwieg ebenso, wie wenn sie klingelte.
Wie oft war sie einfach am Balkonfenster gestanden und hatte hinaus gestarrt? Monatelang hatte ihr gegenüber ein Kran gestanden und mit dem Arm in ihre Richtung gezeigt. Und sie hatte sich dann immer wieder weggedreht, wie nach vergeblicher, ermüdender Suche an den Schreibtisch gesetzt, den Kopf in die offenen Hände gestützt, Ellenbogen auf dem Tisch und gewartet, gewartet, dass es vorüberging, dieses Warten, die Lähmung, Stille und Öde. Sie rauchte, um ihre Bewegungslosigkeit mit dem Spiel des Rauches zu besiegen, um ab und zu die eigene Hand bewegen zu müssen, die Lungen zu weiten, den Mund zu öffnen, zu blasen und sich davon überraschen zu lassen, wohin der Rauch verströmen würde. So brachte die Zigarette Leben in ihr Schweigen, das ein Schweigen und Warten blieb. Trotzdem, sie konnte manchmal sogar den Aschenbecher absichtlich in der Küche vergessen und war dann gezwungen, sich zu bewegen, zu gehen, rauchend und riechend, atmend und an manchen Tagen dann plötzlich wieder denkend. Ein Einfall sprang sie an und der Vorhang ihrer

Stille zerriss. Für Stunden war sie wieder im Leben.
Sie hatte sich eine Zigarette aus der Packung gefingert und erst ihre Taschen, dann den Schreibtisch nach Zündhölzern abgesucht. Sie hatte keine gefunden, die Zigarette jedoch zwischen den Lippen gelassen, war in die Küche gegangen, hatte die Streichhölzer neben dem Gasherd gefunden, sich die Zigarette angezündet und sich an den Küchentisch gesetzt. Sie hatte gewartet und auf das Telefon gestarrt. Dann hatte sie den Flug reserviert.

Jetzt hatte sie nur ihre Handtasche dabei.
Sie konnte nicht lesen und sah die ganze Zeit aus dem Fenster.
Es gab nichts zu sehen.

Im Taxi zog sie sich die Lippen nach und überprüfte ihr Gesicht. Als das Taxi hielt, zog sie einen seiner Briefe heraus, sah auf die Adresse und dann auf das Haus. Sie fand keinen Zusammenhang.
„Das ist die Friedrichstraße 17, oder?"
„Sicher! Da wollten Sie doch hin, oder?" Der Taxifahrer drehte sich um.
„Ja, ja doch. Das stimmt schon." Sie sah auf den Taxameter und gab ihm das Geld. Sie stieg aus und während sie das Haus betrachtete, zündete sie sich eine Zigarette an. Ganz oben unterm Dach. Sie bewegte ihren Kopf leicht hin und her.
Sie trat die Zigarette aus und rief ihn an.
The person you have called is not available at present. Please call again later.
„Später, später, zur Verfügung ...", flüsterte sie vor sich hin. Sie lächelte mit hängenden Mundwinkeln. „Jetzt, jetzt und hundertmal jetzt ..." Sie hörte ihre eigenen Worte wie die Worte einer Fremden.
„Ja, es ist vorbei. Hörst du? Mach es dir selber klar. Später ist schon lange vorbei. Hörst du? Vorbei!" Während sie mit sich

selbst sprach, hatte sie sich noch eine Zigarette angezündet. Dann klingelte sie irgendwo im Haus und sah auf sein Klingelschild. Wie eng die beiden Namen standen. Die Tür öffnete sich und sie ging ganz nach oben.

Er war so verdutzt, dass sie einfach an ihm vorbei in die Küche gehen konnte. Sie sah sich um.
„Bist du … du bist doch total …“ Er konnte nicht weiterreden. Seine Frau kam in die Küche.
„Was ist Schatz, wer ist es?“ Die Frau nickte ihr zu.
Er sagte nichts und setzte sich an den Tisch. Die Frau blieb stehen und sah von ihm zu ihr.
„Ja, ein Schatz ist er, nicht wahr? Entschuldigen sie die Störung. Ich wollte einfach mal sehen, wie er so lebt.“
Sie lächelte spöttisch. „Und auch seine Frau wollte ich kennen lernen. Hübsch, wirklich. Beides meine ich. Ja mein Lieber …“
Sie stockte und nickte nur immer wieder leicht mit dem Kopf.

Er saß am Küchentisch, die Ellenbogen auf dem Tisch und den Kopf in die Hände gestützt. Sie nahm ein paar hastige Züge von der Zigarette.
Niemand sagte etwas. Er saß einfach da. Die Frau blieb stehen und sah aus dem Fenster, als müsste sie in weiter Ferne etwas suchen.
Mein Gott, was hatte sie erwartet? Sie drückte die Zigarette im Spülbecken aus. Sie sah ihn an. So viel hätte sie ihm sagen wollen, aber es war alles weg, leer.
„Leb wohl.“ Ihre Stimme hätte sie in einer anderen Situation für zärtlich gehalten.
Sie verließ die Wohnung und zog die Tür hinter sich zu. Die Tür schnappte hörbar ins Schloss.

Sie fuhr mit dem Taxi.

Sie flog nach Köln.
Zu Hause legte sie den Mantel ab, zog die Schuhe aus und legte sich einfach auf den Boden, betrachtete stundenlang die Decke und lief mit den Augen immer nur die Kalkrisse ab.

Schon im Taxi hatte ihr Handy geklingelt. Sie hatte es abgeschaltet und geflüstert: „Not available, nevermore."

Mit den Augen

Den Blick nicht von ihm abwendend, stand sie auf, trat die zwei Schritte um den kleinen Ecktisch des Lokals herum auf ihn zu, beugte sich zu ihm hinunter und küsste ihn lange.

Im Lokal wurde es merklich stiller.

Sie hielt sein Gesicht noch einen Moment in den Händen und sah ihn ernst an. Dann setzte sie sich wieder an ihren Platz ihm gegenüber und nahm ihr Weinglas in die Hand. Sie sagte kein Wort und er sah auf ihren Mund, der ihn gerade geküsst hatte.

„Du bist eine sehr mutige Frau."

Sie blickte ihn mit ihren großen braunen Augen an und er sah die Verwunderung in ihren Wimpern zucken.

„Mutig? Dazu gehört kein Mut, mein Lieber! Dazu gehört ein ganz anderes Gefühl."

Ihre Augen verkleinerten sich etwas, aber sie sprach nicht weiter. Sie sahen sich unverwandt in die Augen.

Die Spaghetti al pesto auf seinem Teller schmeckten ölig und waren fast kalt. Ihre Muscheln waren es sicherlich.

Er atmete flach und zündete sich doch eine Zigarette an. Etwas Schweres und Tiefes legte sich auf seinen Magen und er wusste, dass er nichts mehr essen konnte.

Seine Wahrnehmung schrumpfte völlig auf ihre Augen zusammen. Er wechselte beständig von ihrem linken zu ihrem rechten Auge und nahm dabei ein feines Ziehen hinter der Stirn wahr. Dankbar spürte er, wie sie seine linke, auf dem Tisch liegende Hand berührte. Er sah auf ihre Hand.

„Ich finde das mutig."

Er räusperte sich und trank einen Schluck Wasser. Es half nichts.

„Vielleicht hast du Recht" – sie sah ihn herausfordernd an – „zu diesem Gefühl gehört sehr viel Mut."

Er hatte den Impuls aufzustehen, an die frische Luft zu gehen, zu atmen.
„Geht es dir gut?“ Sie sah ihn weiterhin an.
„Doch, doch, ich habe nur Mühe, das nicht zu sagen, was man so selten wie möglich sagen sollte.“
Sie hielt seine Hand und sagte nichts. Sie sprachen lange nicht und sahen sich nur in die Augen.
Sie lächelte ihn an und ihr Lächeln lag wie die Schnur einer Angel zu ihm herüber.
Er nahm die Geräusche des Lokals als weit entfernte Brandung war.

Später, als sie sich liebten, schloss er die Augen nicht wie gewöhnlich.
„Schau mich an“, flüsterte sie und ihr Mund blieb leicht geöffnet.
Ihre Augen drangen in seine ein – oder war es umgekehrt? – und er wusste minutenlang nicht, wo in seinem Körper er die Vereinigung mit ihr mehr spürte, oder was er an sich bewegen sollte.
Er sah sie an und ahnte den Haken, den Schmerz.
Etwas Schweres wölbte sich in seinen Eingeweiden und er spürte den nassen Film seiner Augen. Er konnte jetzt nicht weiter.
„Pssst!“ Sie legte ihm einen Zeigefinger auf die Lippen und schloss die Augen. Seine Erregung verebbte ein wenig. Sie schien zu lauschen und fing dann, während sie ihre Augen langsam öffnete, wieder an sich zu bewegen.
Sie entwand sich ihm, drehte ihn auf den Rücken und setzte sich auf ihn. Sie sah ihn an und hielt ihn damit fest, hielt ihn zurück, trieb ihn an.
Er fühlte sich jetzt absolut wehrlos. Er sah sie an und hing an ihrem Blick, wie ein Fisch an der Angel. Ihre Augen machten mit ihm, was immer sie wollte.
You are lost, you are lost. Die Worte durchwühlten ihn wellenar-

tig. Wie lange konnte ein Fisch an der Angel überleben? Durch wie viele Untiefen würde er an dieser Schnur geschleift werden bis der Haken ihn aufreißen würde? Und würde er dann verbluten?

Als sie die Augen noch eine Spur mehr weitete als bei ihrem gewöhnlichen Augenaufschlag, ihre Pupillen sich vergrößerten, floss er in sie hinein und sein Körper verebbte kraftlos wie ein an Land gezogener Fisch, dem die Sonne das Auge tötet.

Der Mond war aufgegangen und das kleine dreistöckige, dem Meer zugewandte Hotel lag unter einer silbrig milchigen Haut.

Er war aufgewacht. Er erinnerte sich, dass er nach diesem Mal nicht wie üblich Trauer und Schmerz wie etwas Blindes dumpf um sich spürte. Er wollte ihre Augen küssen, aber sie war nicht da. Er stand auf.

„Kalt", murmelte er, warf sich einen Pullover über – sie konnte nur bei offenem Fenster schlafen – und ging in die Küche. Er blieb in der Tür stehen. Sie saß im Fenster mit dem Rücken am Rahmen lehnend, hielt eine Zigarette in der Hand und sah in Richtung Meer. Sie hatte sich nur ein T-Shirt und den blauen Pareo umgeworfen. Ihre Haut wirkte metallisch und der Mond ließ ihr Gesicht fast zweidimensional aussehen. Er fand sie schön.

Das Meer lag ruhig wie mit Silberfäden bestreut und er spürte, dass ihr Blick dort drüben im mondlichtigen Wasser tauchte.

„Mädchen?" Er rief sie verhalten, trat aber nicht näher. „Mädchen, komm zurück ins Bett. Es ist kalt."

Sie zog an der Zigarette, lächelte ihn an und das Mondlicht lag wie eine Furche längs in ihrem Auge. Er ging zu ihr. Sie legte beide Hände auf seinen Kopf und drückte ihn – ohne den Blick abzuwenden – sanft nach unten. Er ging in die Knie, schob ihren Pareo nach oben und näherte sich ihr. Sie öffnete sich und als seine Zunge sie berührte, leuchteten die Furchen. Er sah nur auf ihre Augen. Ihre Hände hatten seinen Kopf losgelassen und la-

gen flach auf dem Fensterbrett. Sie atmete tiefer und ihre Augen verengten sich sehr langsam zu Schlitzen.
Als er den Mond in ihren Augen nicht mehr sah, hörte er auf. Sein Nacken schmerzte und er richtete sich lautlos auf. Sie schenkte ihm ein grunzendes Geräusch und sah dann wieder zum Meer hin in den Mond.
Sie rauchten eine Zigarette.
Er streckte die Hand aus. „Kommst du mit ins Bett?"
„Nein, schlaf schon. Ich bleib noch ein bisschen."
Sie sah auf den Mond. Ihre Augen wirkten sehr groß.

Als er am nächsten Morgen aufwachte, lag sie neben ihm, den blauen Pareo noch über das Laken gelegt, und schlief. Er betrachtete ihre langen Wimpern, die schwungvollen Brauen. Er sah die leichten Bewegungen der Augen hinter dem Lid und die Falten zur Schläfe hin.
Er stand auf, wusch sich kurz das Gesicht, zog ein frisches Hemd und eine frische Hose an, trat nochmals in das Zimmer und blieb einen Moment lang in der Tür stehen.
Sie schlief und das Tageslicht fiel ihr ohne Milde ins Gesicht.
Er drehte sich um, öffnete die Tür und trat ins Freie.
Seine Augen waren wie wund und brannten.

Vermischtes

„Hast du das schon gelesen?"
Er ließ die Zeitung nicht sinken. Sie wusste, dass sie jetzt Nein sagen musste, bevor er ihr irgendeine Überschrift vorlas.
Natürlich hatte sie die Zeitung noch nicht gelesen. Während er die Brötchen holen ging, hatte sie das Frühstück vorbereitet. Er brachte die Zeitung wie gewöhnlich mit den Brötchen und frühstückte, während er las.
„Nein. Was gibt es Neues?"
Sie schenkte ihm Kaffee nach und köpfte dann mit einem Schwung ihres Messers ihr Frühstücksei. Sie machte es lieber so. Ihr Mann klopfte das Ei nur sachte an und pellte dann den oberen Teil vorsichtig ab, streute Salz darauf und nahm den oberen Teil des Eis dann mit dem Löffel ab. Er aß es immer am Schluss.
„In Straßburg hat ein vierundsiebzigjähriger Mann zugegeben, vor dreißig Jahren seine Nichte erst vergewaltigt und dann getötet zu haben. Mit einem Küchenmesser. Dann hat er sie im Garten vergraben. Stell dir vor, seine Frau hat nie was davon gemerkt. Das Mädchen galt als vermisst. Stell dir das vor: und er hat dreißig Jahre einfach mit seiner Frau in dem Haus gelebt. Vielleicht haben sie sogar im Garten gefrühstückt. Und er hat mit demselben Messer sein Ei geköpft."
Er las immer zuerst das Vermischte.
„Vor dreißig Jahren haben wir uns noch gar nicht gekannt", sagte sie und aß ihr Ei.
Er reagierte nicht.
Sie waren jetzt achtundzwanzig Jahre verheiratet und das kleine Häuschen am Stadtrand hatten sie sich nur leisten können, weil er in den Vorruhestand ging und eine hohe Abfindung kassiert hatte. Die Küche war schlicht und praktisch eingerichtet. Alle Haushaltsgeräte waren unter einer großen Arbeitsplatte verstaut.

Die Hängeschränke darüber boten viel Platz und die Frau war es gewohnt, schon beim Kochen alles sofort wieder sauber zu machen und in den weißen Schränken verschwinden zu lassen. Auf der Arbeitsplatte stand ein Basilikum noch mit dem Plastikhäutchen um den kleinen Topf. Gegenüber stand ein altes Holzbuffet. Alles Besteck, Servietten, Trockentücher und die Gläser verschwanden in ihm. Nach Süden zu gab es ein Fenster. Der Küchentisch reichte für zwei zum Frühstücken, und wenn sie Gäste hatten, gingen sie ins Esszimmer.

Er tastete hinter der Zeitung hervor nach dem Kaffee, trank einen Schluck und stellte die Kaffeetasse irgendwo auf den Tisch.
Sie sah sein Gesicht nicht. Sie sah nicht was er anhatte.
„Sag, ist das nicht unglaublich – mein Gott diese Gleichgültigkeit. Dreißig Jahre! Stell dir das vor." Er schüttelte den Kopf hinter der Zeitung.
„Ja, schlimm."
Er las ihr jeden Morgen diese Meldungen vor. Erschossene, Überfahrene, Geschwängerte, Vermisste bevölkerten ihren Morgen und verwickelten sich in ihrer Vorstellung in Unfälle, Katastrophen, Massaker.
„Wie konnte er das tun?", fragte sie und ihre Stimme klang nüchtern.
Ohne die Zeitung wegzulegen, begann er seinen gewohnten Vortrag über die Schlechtigkeit der Menschen, die Verrohung der Gesellschaft durch die Medien, die Ignoranz und Sittenlosigkeit der Jugend, die allgemeine Morallosigkeit der heutigen Gesellschaft und auch den Schluss kannte sie schon.
„Aber weißt du", holte er aus, als würde er es zum ersten Mal sagen, „warum sollte es uns besser ergehen als allen großen Weltreichen. Sie sind alle untergegangen. Alle. Die Babylonier, Assyrer, Karthager, die Griechen, die Römer. Und warum? Wegen dem Verfall der Sitten. Sie waren irgendwann degeneriert. Und wir,

wir sind auf dem besten Weg, diesen Kreislauf der Geschichte zu wiederholen. Es ist unsere eigene Dekadenz, die uns umbringen wird."

Sie verspürte einen plötzlichen Impuls, sein Ei zu köpfen.

„Max, reg dich nicht auf. Du wirst es nicht ändern."

Er ließ die Zeitung sinken. „Nein, aber man muss es versuchen, etwas muss sich ändern."

Er hob die Zeitung wieder und in ihr zog sich etwas zusammen. Sie musste aufstehen.

„Max, und wir – sind wir nicht auch degeneriert?"

„Was?"

„Ich meine, unser Leben, unsere Ehe, ist das irgendwie alles nicht ..."

„Was?" Seine Stimme klang scharf.

Sie wusste nicht weiter. Sie fuhr sich durchs Haar und schüttelte den Kopf ganz kurz, wie um etwas zu verscheuchen, das ihr lästig war.

„Was? Na was?" Er sah jetzt hinter der Zeitung hervor.

Etwas in ihr bog sich aus den Lenden heraus, wölbte sich in ihr und drückte mit aller Macht in ihren Brustkorb. Sie meinte, nicht mehr stehen zu können.

„Was redest du nur für einen Schwachsinn", sagte er und hatte sich schon wieder hinter die Zeitung verzogen. „Wir haben alles. Wir leben ein gutes Leben. Was bitte sollten wir ändern? Ich für meinen Teil bin ganz zufrieden und du solltest es auch sein, weiß Gott, du solltest es wirklich sein."

Sie nahm ihren Teller und trug ihn zur Spüle. Sie zitterte.

„Max", mehr brachte sie nicht heraus.

Diese Kraft stieg ihr in den Hals. Sie hielt sich an der Spüle fest.

„Oder hör dir das an!" Max lachte laut.

„Dreiundachtzigjähriger lässt sich nach vierundfünfzig Jahren Ehe scheiden."

Max war sichtlich amüsiert. Die Zeitung wackelte.

„Er sagt, er hält es keinen Tag mehr aus, der alte Sack."
Er lachte. „Hast du gehört, Schatz?"
Sie atmete jetzt heftig. Sie hörte ihr Blut im Kopf rauschen und ihr „Ja" klang ihr selbst wie von fern und nicht zu ihr gehörend.

Der Morgen war noch jung, es war Sommer, ein schöner Julitag wartete draußen und seine Wärme klopfte sanft an die Fenster. Es roch nach Kaffee, nach frischen Brötchen, Marmelade und ein bisschen Käse. Alles war schön und aufgeräumt. Das Haus lag still und friedlich. Von fern hörte man Kinder in der ersten Schulpause auf dem Hof spielen.
Der Druck am Hals ließ ihre Adern anschwellen. Sie nahm alles ganz genau und wie verzögert wahr. Der braune Rest Kaffee in seiner Tasse, die speckigen Buchstaben der Zeitung, seine Finger, die die Zeitung hielten, das Licht, das durchs Fenster schräg auf das Basilikum schien und es in hellerem Grün erstrahlen ließ, die Reste ihres geköpften Eis, die Butter am Messer.
Sie spürte eine Klarheit, die sie nie für möglich gehalten hätte. Es zerriss ihr fast den Hals.

Sie nahm das Frühstücksmesser und trat langsam zu ihm.
Dann entlud sich ihr Hals mit einem gewaltigen Schrei und sie köpfte sein Ei. Der Kopf des Eis flog in Richtung Basilikum und sie blickte ihm nach. Max war in die Höhe geschossen und hatte die Zeitung dabei fallen gelassen.
Sie sah ihn von oben bis unten an. Er trug exakt die Kleidung, die sie ihm wie jeden Morgen hingelegt hatte. Sie musste lachen.

Auf den Hund gekommen

Der Hund wedelte mit dem Schwanz.

Der Fernseher lief und in dem Zimmer war niemand. Der flache, etwas zu breit wirkende Tisch aus den siebziger Jahren war voller Bierflaschen und zwei der drei Aschenbecher – alle aus diesem seltsam gefärbten Glas, das gerade wegen seiner Färbung alles andere als edel aussieht – waren recht üppig gefüllt. Eine offene Schachtel rote Marlboro lag auf dem abgewetzt und speckig wirkenden, braunen Sofa. Darauf lag ein vierter Aschenbecher aus Plastik mit einem Camelettikett. Über dem Sofa hing ein ganz beachtlicher Braque, der, obwohl er gut gerahmt war, keinerlei Wirkung auf den Raum ausüben konnte. Die Ecke hinter dem Sofa war übersät mit Büchern und sah aus, als hätte jemand die Bücher mit einer Schubkarre aus dem Antiquariat hierher gebracht und einfach dort ausgekippt. Kleist lag neben Satre, Bloch und Camus daneben. Gide und Habermas lagen überkreuz mit Frisch, Rilke, Beauvoir, Allende, Kästner, Garcia Marques. Irgendwo lugte rot ein Agatha Christi Krimi hervor und Follett war halb in Hesse geschoben und so weiter.

In dem gegenüberliegenden Eck stand eine vergilbt wirkende Stehlampe mit einem Perlenschnürchen zum Anklicken. Der Fernseher stand auf einer Holzkommode. Dem Phillipsschild fehlte ein L. Die Gardinen wirkten grau und seltsam unberührt. Der Ausblick ließ auf ein hohes Stockwerk schließen. Balkontür gab es keine. Von der Decke hing ein billiger, fünfarmiger Leuchter. Nur um eine Glühbirne saß noch ein kleines Schirmchen. Der grüne Teppich war abgewetzt und mit Flecken übersät. In der Ecke hinter der Tür stand ein Hundekorb aus Bast mit einem aufgebissenen, roten Strohkissen.

Es war Mittag. Die Sonne fiel wie Milch durch die Scheiben und

erreichte das Zimmer kaum.
Der Hund hatte sich auf die Hinterpfoten gesetzt und wirkte unruhig. Er hatte das Maul leicht geöffnet. Er hechelte stärker, robbte auf den Hinterpfoten sitzend ein par Schritte vorwärts und dann auf allen Vieren wieder seitwärts und wedelte jetzt noch stärker mit dem Schwanz, als der Mann den Raum betrat.
Der Mann war sehr groß, wuchtig gebaut und wenn er leicht im Hohlkreuz stand, wölbte sich sein Bauch weit nach vorne. Seine Arme waren muskulös und trotzdem irgendwie speckig. Die Hände wirkten viel zu zart. Seine Beine waren dünn und schienen nicht richtig mit dem Rumpf verbunden. Sein Gesicht war ausdruckslos aber nicht stumpf. Er hatte sehr kurzes Haar und war unrasiert. Seine Lippen wölbten sich sehr weit nach vorne.
Der Mann rauchte, hielt eine Bierflasche in der linken Hand und sah auf den Fernseher. Bis auf die Badeschlappen war er vollkommen nackt. Sein Penis wirkte an dem wuchtigen Körper etwas verloren.
Der Hund fing zu tänzeln an. Er war sichtlich erregt. Als er anfing, sich an dem rechten Unterschenkel des Mannes zu reiben, sah der Mann ihn zum ersten Mal an. Seine Augen blieben ausdruckslos. Er ließ den Hund gewähren und blickte zum Fernseher zurück. Er ließ die Asche seiner Zigarette auf den Boden fallen, nahm einen Schluck Bier und setzt sich breitbeinig auf den zur Couchgarnitur gehörenden, braunen Sessel direkt vor dem Fernseher.
Der Hund war auf den Hinterpfoten stehend an seinem Bein geblieben und erregte sich weiter. Der Mann beachtete ihn nicht und zog tief an seiner Zigarette. Die Asche fiel ihm auf den Bauch und er drückte die Zigarette auf dem Tisch aus, ohne sich die Asche vom Bauch zu wischen.
Als er etwas Klebriges an seinem Unterschenkel spürte, schaute er auf den Hund. Sein Gesicht ließ keine Regung erkennen. Er kickte den Hund mit dem angespritzten Bein weg und der Hund verzog sich kurz aufjaulend in sein Körbchen, nicht ohne sich

vorher zu lecken.
Der Mann saß schweigend, hörte auf die Stimmen im Fernseher, zündete sich eine Zigarette an, öffnete ein weiteres Bier, trank es halb aus, stellte es auf dem Tisch ab und befriedigte sich dann selbst. Er behielt die Zigarette in der Hand und wandte den Blick nicht vom Fernseher. Auf seinem Bauch mischte sich sein Samen mit der Asche.
Seine Haut wirkte jetzt grauer, die Wölbung der Lippen war noch stärker geworden und gab seinem Gesicht etwas Fleischiges.
Der Hund war eingeschlafen und der Mann blieb regungslos vor dem Fernseher sitzen.

Im Fernseher lief eine Aufzeichnung des Literarischen Quartetts und Reich Ranicki versuchte gerade mit abgespreizten Fingern wild gestikulierend Peter Stamms „Ungefähre Landschaft“ zu analysieren.

Schwarzbrot

Er kaute vorsichtig darauf herum.
Er hatte sich das Brot nur dünn mit Butter bestrichen. Erst hatte er all die Sachen aus dem Kühlschrank einfach auf den Küchentisch gelegt, ohne sie auszupacken. Er benutzte keinen Teller. Er hatte sich zwei Scheiben des groben Brotes heruntergeschnitten und sie einfach auf den Tisch gelegt. Er fand ein Messer und setzte sich an den Tisch und musterte den verpackten Schinken und den Käse.
Als seine Frau vom Badezimmer herüberkam, öffnete er die fettige Butterfolie. Er spürte wie die Butter das Papier weich gemacht hatte.

„Nennst du das ein Abendessen?“ Sie kam auf ihn zu.
Er trug die Butter dünn auf. Ein Strom hellen Geruchs umfloss ihn. Frühling und Pfirsich, Haut von ersten Sonnenstrahlen erwärmt. Er sah zu ihr auf. Sie stand nur im Slip vor ihm und hielt den Kopf schief. Das lange Haar fiel ihr auf die eine Seite und sie frottierte es mit dem Handtuch in beiden Händen. Der eine Arm lag dabei so vor ihren Brüsten, dass er die Nippel nicht sah.

„Willst du dir nichts Richtiges machen?“ Sie hörte mit dem Frottieren kurz auf, trocknete sich ein Ohr und sah dabei zur Zimmerdecke. Ihren Kopf hielt sie weiterhin schief.
Er schüttelte den Kopf obwohl er wusste, dass sie diese Bewegung höchstens aus den Augenwinkeln bemerken konnte. Sie legte das Handtuch zur Seite, warf den Kopf etwas nach hinten und fuhr sich zwei, dreimal mit beiden Händen – die Finger waren leicht abgespreizt – von der Stirn her nach hinten durch die Haare. Bei jedem Mal straffte sich ihr Oberkörper, ihre Brüste hoben sich kurz und er bemerkte die Streckung ihres ganzen Körpers. Er kau-

te langsam.

Sie ging plötzlich dicht bei ihm in die Knie, legte eine Hand an die Innenseite seines Oberschenkels und sah ihn an.

„Ich könnte auch hier bleiben, wenn ich wollte." Ihre Hand wanderte den Schenkel nach oben. Er schluckte etwas von dem groben Brot und schüttelte langsam den Kopf.

„Du hast es ja ausgemacht und dich sogar extra geduscht." Er versuchte seiner Stimme etwas Beiläufiges zu geben.

Sie leckte sich über die Lippen.

„Hm, nach dem Duschen bekomme ich aber immer so Lust."

Ihre Hand wanderte höher.

„Ich dachte, du musst gleich los?"

Er nahm ihre Hand von seinem Oberschenkel und hielt sie. Er sah auf den Ring. 23 Jahre.

„O.k., ich geh dann mal, hörst du?"

Er erwachte aus seinen Gedanken, ohne sich erinnern zu können. Jegliche Phantasie, es könnte auch ganz anders sein, war weg.

Er sah hoch. Sie war fertig angezogen. Das Top und die Jeans wirkten ein wenig zu jugendlich, aber sie traf ja auch Bernd. Die Jeansjacke hatte sie über dem Arm und die Turnschuhe schon an. Sie stand vor dem Spiegel und zog sich die Lippen nach. Er sah auf den Tisch. Eines der beiden Butterbrote lag noch ganz unberührt. Sie kam zu ihm, beugte sich herab, gab ihm einen Kuss auf die Backe, den er eher geschehen ließ als entgegennahm und drehte sich zum Gang hin. Ihr Schritt war forsch und erwartungsvoll.

„Du weißt ja, es kann spät werden. Wart nicht auf mich."

Er nickte und sah dabei auf die Brote.

„Schläfst du mit ihm?" Er hatte die Frage nicht stellen wollen.

Sie kam zurück. „Würde dir das etwas ausmachen?" Er hörte den abfälligen Ton und schwieg.

Sie sprach wie zu sich selbst. „Ich meine, weißt du, die Gefahr ist immer da. Ich spür schon, dass ... also, er ist auch sehr aufmerksam, weißt du. Natürlich wäre es irgendwie nicht ... aber ich meine, jeder lebt doch mittlerweile sein eigenes Leben von uns, oder? Nein, ich will nichts versprechen. Ich kann es auch gar nicht, genauso wenig wie du."

Er atmete hörbar. „Ich meine, es wäre schön, wenn ... also ich kann sonst ..."

„Was sonst?" Ihre Augen wurden kälter. „Eins musst du wissen, immer, ich lebe, ich lebe mein Leben und ich lebe es so, wie ich will. Ich lasse mich nicht einsperren. Auch nicht durch den Ring."

„Nein, nein." Er winkte ab. Aber sie redete weiter.

„Abmachungen, schön und gut. Ich sag dir mit wem ich mich treffe und sonst ja auch alles. Und ich bin immerhin deine Frau, auch wenn DU das manchmal zu vergessen scheinst. Es ist ja nicht so, dass ich gleich mit jedem und ... und als wäre ich überhaupt versessen darauf ... oder wie soll ich das verstehen? Wenn etwas Wichtiges wäre, dann sag ich es dir schon. Aber schreib mir nichts vor. Damit erreichst du bei mir nichts, gar nichts." Ihre Arme waren in Bewegung gekommen.

Er schüttelte den Kopf. „Ich meine einfach ... ich meine, was hält uns eigentlich zusammen, verstehst du?" Er sah sie hilfesuchend an. Von der Straße hörte man Hupen.

„Also, ich muss dann mal." Sie beugte sich noch mal zu ihm, gab ihm erneut einen Abschiedskuss und sagte im Hinausgehen: „Mach dir doch wenigstens ein bisschen Salami aufs Brot."

Er saß noch eine Weile in der Küche. Dann räumte er alles wieder in den Kühlschrank und aß das eine Schwarzbrot auf. Er kaute langsam und vorsichtig, so als rechnete er mit kleinen Steinchen im Brot.

Dann stand er auf und warf das andere weg.

Über den Autor

Andreas Herrmann, 41, lebt und arbeitet als Therapeut, Supervisor und Mediator in München.
Er beschäftigt sich seit langem damit, wie Menschen aneinander vorbei reden, sich in den Möglichkeiten wirklicher Begegnung verpassen und dabei mit ihrer tiefen Sehnsucht nach Nähe allein bleiben.